COBALT-SERIES

炎の蜃気楼《ミラージュ》昭和編

霧《む》氷《ひょう》街《まち》ブルース

桑原水菜

集英社

炎の蜃気楼《ミラージュ》 昭和編

霧氷街《むひょうまち》ブルース

目 次

人物紹介

加瀬賢三
上杉景虎

「レガーロ」のホール係。
冥界上杉軍の大将として
秘密裏に活動をしている。

笠原尚紀
直江信綱

医学部に通う大学生。
上杉夜叉衆のひとりとして、
成仏できずにいる
霊たちを《調伏》している。

霧氷街
小杉マリー
柿崎晴家
「レガーロ」の歌姫。
上杉夜叉衆のメンバー。
宮路良
安田長秀
グラビアや広告写真のカメラマン。
夜叉衆では実力ナンバー2。
佐々木由紀雄
色部勝長
循環器外科の医師で元軍医。
夜叉衆では
最年長的立場のまとめ役。
北里美奈子
音楽家一族の令嬢。実は
養女であり、龍女の血を引いている。

朽木慎治

織田信長

「レガーロ」のボーイ兼用心棒だった。
行方不明になっていたが、
信長としての記憶を取り戻し、
景虎たちと対立する。

ジェイムス・D・ハンドウ

森蘭丸

大崇信六王教の当主・阿藤が
大株主である阿津田商事の重役。

高坂弾正

神出鬼没の武田家臣。
夜叉衆と敵対したり
助けたり、
謎多き人物。

霧氷街ブルース

執行健作

「レガーロ」のオーナー。
「伝説のプロデューサー」と
呼ばれている。

坂口靖雄

笠原（直江）の後輩。
龍によって守護されている。

阿藤忍守

信長の御魂を崇める
大崇信六王教の
第十二代御灯守（祭主）。

阿藤守信

忍守の息子。
次期御灯守と目されている。

イラスト／高嶋上総

炎の蜃気楼《ミラージュ》　昭和編
霧氷街《むひょうまち》ブルース

序章

祭壇《さいだん》の周りには、無数の灯明《とうみよう》が揺らめいていた。

四百年にわたり、燃え続けている灯明だ。

この教団の祭主が「御灯守《みとうもり》」と呼ばれるのは、日々、祭壇の灯明を絶やさぬようにすることが務めだったからだ。

不消《きえず》の灯明は、祭神に力を注《そそ》ぎ続けるものだと信じられている。信者はその神聖なる灯油を祭神に捧《ささ》げることで、自《みずか》らの信仰の証《あかし》としてきた。

そして、いま、彼らが崇《あが》める祭神は、長き眠りから覚めた。

中央の祭壇を照らす最も大きな聖なる火は、以来、ますます盛んに燃えあがっていた。

眠りから覚めた神は、やがて、生きた肉体を得た。

今、祭神は現人神《あらひとがみ》となって、祭壇の前にしつらえた玉座に悠然《ゆうぜん》と腰掛けている。

生前に気に入っていた天鵞絨《ビロード》マントを肩に羽織《はお》り、赤い葡萄酒《ぶどうしゅ》の注がれたワイングラスを掌《てのひら》の中で転がしている。無数の灯明がその姿を照らしている。

「……葡萄酒の味は四百年前と変わらぬものだな。阿蘭《おらん》よ」

マントを羽織った男の傍《かたわ》らには、欧米人の顔立ちをした青年が寄り添っている。

「殿のお好みもお変わりなきようで」

「ああ。わしの好みはこれだ。血のように赤黒く、鉄のように重く、古木のように分厚く、喉《のど》にいつまでも残るような、こいつだ。葡萄酒はこうでなくてはならん」

おもむろに正面へと向き直った。

「それもこれも、そなたら現代の初生人《しょせいじん》らがよく働いてくれるおかげだ。褒《ほ》めてつかわす。忍守《おしもり》よ」

マントの男の前には、老齢の神職が平伏《へいふく》している。

「はっ。おやしろ様には今宵《こよい》もご機嫌麗《うるわ》しゅう」

大崇信六王教《だいすうしんろくおうきょう》の第十二代御灯守・阿藤忍守《あとうおしもり》だった。

おやしろ様と呼ばれた天鵞絨マントの男は、忍守の傍らに控えている、顔立ちのよく似た中年男にも微笑《ほほえ》みを投げかけた。

「そなたもだ。守信《もりのぶ》。いずれは十三代目として、御灯守を継ぐのであろう。そなたの父は、よき手本じゃ。よく支え、よく学ぶがよい」

「ありがたきお言葉。この守信、生涯《しょうがい》かけて、おやしろ様への忠勤に励みまする」

「時に、阿蘭よ。例の件はどうなった」

天鵞絨マントの男は、傍らの青年に問いかけた。四百年前、青年はこの現人神の小姓《こしょう》を務めていた。その名は、森蘭丸《もりらんまる》。

蘭丸は恭《うやうや》しく頭を下げ、不遜《ふそん》な笑みを浮かべた。

「件《くだん》の呪詛《じゅそ》については、これを担《にな》うにまたとない者たちを見つけました。只今《ただいま》、包囲網《ほういもう》を完成させるべく着々と手を打っているところにございます」

「そうか。かの者の憑坐《よりまし》については、選定はどうなっている」

「はい。よくよく検討を重ねてみましたところ、ひとり、よいおなごがいたことを思い出しました」

「ほう。何者じゃ」

「先般《せんぱん》の、龍女《りゅうじょ》です」

ほう、と男は目を細めて笑った。

「武田《たけだ》の龍神を憑依《ひょうい》させた、あのおなごのことか」

「まさに。あれだけの集合霊たる龍神をその身に宿すほどの、受容力。大いなる神を下ろす巫《み》女《こ》は、霊的受容力が大きいとの特徴がございます。まさにあれは他に類をみぬ巫女にございます。使わぬ手はございませぬ」

「このわしを手こずらせただけはある、ということか。面白《おもしろ》い」

六王教の現人神――織田信長《おだのぶなが》は、その力強い瞳《ひとみ》に無数の灯明を宿して、豪然と言い放った。

「武田の龍女、この六王教の戦巫女《いくさ》にはふさわしかろう。つれてまいれ。忍守」

「はっ！」

「その前に、こざかしい上杉《うえすぎ》の夜叉《やしゃ》ども、退治しておかねばなるまいの」

信長は腰に帯びた小太刀《こだち》を手にとり、鞘《さや》から抜いた。「御聖具《ごせいぐ》」「御神刀《ごしんとう》」と信者たちが呼ぶその刀は、信長がかつて自刃《じじん》に用いた小太刀だった。信長の血を吸った「御神刀」は、長く六王教にとっての聖遺物《せいいぶつ》だった。

「上杉景虎《かげとら》……。四百年怨霊《おんりよう》を《調伏《ちようぶく》》して生き続けてきた男、か」

鏡のように研《と》ぎ澄《す》まされた刀身に、両眼を映す。信長は数瞬、笑みを消して、真率《しんそつ》な瞳にな った。その脳裏《のうり》に東京タワーで対峙《たいじ》した時の光景がよぎった。

――戻ってこい、朽木《くちき》。一緒にレガーロに帰ろう。

信長の唇《くちびる》が小さく歪《ゆが》んだ。

「殿」

「……このような、こざかしい記憶。脳から削り取ってしまえればよいものを」

無数の炎を睨《にら》みつけ、不敵に微笑した。

「是非《ぜひ》に及ばず。この信長の脳に薄汚い染みを残しただけでも万死《ばんし》に値《あたい》する。誰にも邪魔《じゃま》はさせぬ。虎退治はこの手で行う。よいな、阿蘭」

その目は残忍な色を宿して煮えたぎっている。その暗さに、蘭丸ですら身の危険を感じ、ぞっと背筋を寒くしたほどだ。

信長はワイングラスに加瀬《かせ》の面影を映し、凝視していたが、突然、グラスをひと思いに握り割った。弾《はじ》けて流れた葡萄酒が、破片で負った傷の血と混ざりあいながら、信長の手を濡《ぬ》らしていく。袖口《そでくち》は赤く染まった。

「愉《たの》しみにしていろ、景虎。貴様だけはこの手で……。この手で、胸を裂いて心臓をえぐり出してくれる」

第一章　ガード下のハーメルン

初夏を思わせる陽気の中——。

完成したばかりの白亜の建物には、大勢の医療関係者が集まっていた。

鉄筋コンクリートの四階建ては、街の真ん中にあって、ひときわ目立つ。この街の医療を担《にな》う総合病院の開業に、大きな期待がこめられているのを反映してか、式典には地元の有力者の姿が多く見受けられた。

笠原《かさはら》総合病院は、無事、開業の日を迎えた。

くす玉を割るのは、理事長兼院長・笠原伸夫《のぶお》だ。笠原尚紀《なおき》の養父だった。

式典の間中、尚紀は背広にネクタイ姿で行儀よく腰掛け、賑々《にぎにぎ》しい祝辞を述べる来賓《らいひん》を見つめている。恰幅《かっぷく》のいい年配男が居並ぶ中、ひときわ若い尚紀は目を引いた。

式典が終わると、次々と関係者が養父のもとに挨拶《あいさつ》をしに集まってくる。尚紀も傍《かたわ》らに寄り添い、紹介にあずかる。跡取り息子としての、いわば「お披露目《ひろめ》」の場でもある。

医師会とつながりが深い国会議員が、笠原親子に話しかけてきた。

「ほほう、そうですか。息子さんは東都大《とうと》に……。なかなかの男前だから、さぞもてるでしょう。自慢の後継者もいて、恵実会《けいじつ》さんの未来は安泰《あんたい》ですな。早くいい嫁さんを見つけて、病院をますます盛り立ててもらわねば。ねえ、院長先生」

金歯を光らせて笑う。商売柄、あからさまな世辞や下世話なリップサービスも、たしなみのうちと思っているようだ。尚紀も調子を合わせつつ、謙遜《けんそん》をこめて頭を下げた。

「若輩《じゃくはい》ですが、精一杯励みますので、ご指導ご鞭撻《べんたつ》のほど、よろしくお願い致します」

このあと、都心のホテルで記念パーティが開かれる。来賓は次々と迎えに来た車に乗り込んでいった。賑わいも一段落したところで、尚紀は、関係者の中に見覚えのある顔を見つけた。

「来てくれたんですね。色部《いろべ》さん」

勝長《かつなが》は「よう」と笑顔で手をあげた。

「開業おめでとう。大した賑わいだな」

「おかげさまで。うちでは朝から、上を下への大騒ぎでしたよ」

「はは。無理もない。――立派な病院だな。大したもんだ」

勝長は医師だ。今は虎ノ門《とらのもん》の病院に勤務している。病床の規模では、勝長のいる病院には及ばないが、診療科目の数は笠原病院も負けていなかった。

「循環器外科も、いい医師《せんせい》が揃《そろ》ったそうです。ありがとうございます」

「ああ。神崎《かんざき》のことか。あいつは根っからの職人気質で、医局じゃ出世できないタイプだが、腕は抜群だ。保証するよ」

紹介された医師は、勝長と同じ医大の出身だ。勝長のことは、養父には「先輩の同僚」と説明してあり、今では家族で親交を持つまでになっていた。

「やはり心臓外科は病院の花形ですからね。養父も力をいれてるようでしたから」

「そのようだな。病院経営は大変だぞ。なんやかんやで政治の力が大きいしな」

「ええ。でも日本の人口はどんどん増えてますし、病院も医者も足りないと言われてますから」

絶好のタイミングでもある。いずれは自分がそれを担うとの自負も、尚紀にはあるが、一抹《いちまつ》の不安が影を落としている。勝長も心配そうな顔をしたが、あえて言葉にはしなかった。

「おまえはどうなんだ。その花形医師を目指す気は」

「私は柄じゃありませんから。それに専門は呼吸器内科と決めてるんです」

勝長は「あっ」という顔をした。理由は、容易に察せられた。十分納得できた。

「……もしかして、医者の息子を宿体《しゅくたい》にしたのも、そのためか？」

「まさか。それは単なる偶然です。でも、せっかく医者を目指せるのなら……」

表情には、ささやかな決意が漲《みなぎ》っている。その念頭にあるのは、ただひとりだ。

そのことだがな、と勝長は言いにくそうに尚紀に伝えた。尚紀は驚いて、

「レガーロを休んでる？　また肺の具合が」

「少し治療に専念したほうがいい。そうでなくても東京はどんどん空気も悪くなってる」

景虎《かげとら》のことだった。

毒ガスを吸った後遺症だ。織田《おだ》が仕掛けた罠《わな》だった。おかげで肺活量も視力もだいぶ落ちている。煙草《たばこ》を吸い続けているのもよくないと、周りはやめさせようとしているのだが、本人は手放すつもりはないらしい。どころか、朽木《くちき》の一件があってから本数も増える一方だ。

「やりきれなくて手放せなくなる気持ちもわかるが、ただでさえ弱ってる肺をニコチン漬けにして……。そんなに今の体を壊してしまいたいんだろうか」

勝長も弱り顔だ。これではいくら尚紀が肺の治療法を学んでも、意味がない。

「本当は、離脱させたほうがいいんでしょうね……」

なにから？　とは勝長は訊《き》かなかった。答えはわかりきっていた。

「……ああ。だが難しいな。朽木に換生《かんしょう》した信長《のぶなが》は、六王教《ろくおうきょう》の現人神《あらひとがみ》だ。霊体だった頃よりも、遥《はる》かに現実的に世の中と関われる力を得た」

東京タワーの一件からも、明らかだ。信長は信者に祭り上げられた「お告げの神」ではなくなり、生身の行動者となった。織田信長が「現代人」として蘇生《そせい》したのだ。蘭丸《らんまる》らの暗躍《あんやく》でお

膳立《ぜんだ》ては整った。すでに裏社会に根を張り、虎視眈々《こしたんたん》と表に出てくる機会を窺《うかが》っている。

そんな織田に対抗するには、景虎のリーダーシップが欠かせない。

「結界調伏《けっかいちょうぶく》も冥界上杉《めいかいうえすぎ》軍の発動権も、景虎にしかないからな。景虎が握る切り札なしに、織田と戦うのは、分が悪すぎる」

尚紀は忸怩《じくじ》たる思いだ。――自分たちが頼りないばかりに……。

「……ねえ、色部さん。我々は信長を責められるんでしょうか」

「なんだ。どうした？」

「私たちはもうどっぷり現代人としての生活を持っている。こんな私たちに、信長が現代に深く関わってくることを止める資格はあるのでしょうか」

「また妙な理屈をこねはじめたな」

「怨霊《おんりょう》だったから許されないというなら、我々だって四百年前は怨霊です。怨霊が医者になり、怨霊が医大生になってるんです。信長は悪なんでしょうか。怨霊だから悪なんでしょうか。そもそも信長が日本を悪い方向に導くなんて、誰が断言できるんです。正しさの定義とは」

「定義などひとつじゃないさ」

「為《な》していることが正しければ許されるのでしょうか。ならば信長の為すことが『正しい方向に日本を導く』なら、それを阻止《そし》する理由が我々にあるんでしょうか」

「ひとつ忘れていないか、直江《なおえ》。織田は『正しさ』の実現のために、現代人の犠牲を顧《かえり》みなかった。生き人《いびと》を守るのが、我々の第一義であるはずだ」

直江はハッとした。勝長は厳しい顔つきになっていた。

が、ほどなく語調を和《やわ》らげ、

「なあ、俺たちだって霞《かすみ》を喰《く》って生きてるわけじゃない。職業を持ち、生活をするからこそ、今日まで怨霊調伏の使命を果たしてこれたんじゃないか。生きた肉体を保つから《調伏》もできるんだ。生活者としての自分を大事にするのは罪なんかじゃない。どんな状況であれ、だ。それに目の前の命を救うのに、生き人も死人《しびと》も関係ないはずだ。違うか」

「………。では信長が『現代人の犠牲』なしにこの国を再生すると言うなら？」

「よしんばそうなったとしても、景虎は、家族や友を殺された怒りを忘れられやしないだろうな」

重い現実に、直江は黙るほかなかった。

そして、ほどなく自己嫌悪に陥《おちい》った。ずいぶん青臭いことを言ってしまった。どうもこのところ、もやもやした気持ちのやり場がなく、こんなふうに人へとぶつけてしまう。受け止めてくれる勝長への甘えもあるかもしれない。

「……すみませんでした。院内を案内しますよ。色部さん。手術室には米国製の最新医療機器を導入したそうです。診療開始は週明けからなので、今のうちに見ていってください」

「いいのか。悪いな」

「もし気に入ったら、うちに常勤してくれてもいいんですよ」

「おっと……。下心ありか。院長の息子の甘言には気をつけないとな」

勝長は、わざとおどけた口調で答えた。そのさりげない気遣《きづか》いが、直江にはありがたい。

真新しい病院内は、まだ消毒薬の匂いもしない。待合室の長椅子《ながいす》はどれも新品で、ビニールカバーがかかっている。病《や》んだ命の気配がない院内は、モデルハウスの中にでもいるようだ。

これから闘いが始まる。診療が始まれば、この長椅子もあっという間に患者で埋まるだろう。

(俺も色部さんのように迷いなくこの道を歩けるだろうか)

人の命を救うという道を──。

病に苦しむ人を救うという道を──。

勝長のような掛け根無しの志《こころざし》に動かされているとは言えない自分に、直江は若干《じゃっかん》の引け目を感じていた。

自分が医療で救いたい人間なんて結局、ひとりしか思い浮かばない。

全《すべ》ての患者に同じ気持ちで向き合うなんて綺麗《きれい》事だ。適性など考える余地もなかったが、今更ながら医師という職業をまともに勤めあげられるのか、疑わしくなってきた。職務への責任を背負えば、医者としての人格も身につくと思いたいところだが。

勝長と自分では同じ医を志しても、見ているものが違う。勝長は弱っているものと向き合っている。自分は強いものしか見ていない。医を出世の道としか考えていない自分にややもすると辟易《へきえき》する。あの金歯が下品な国会議員の脂《あぶら》ぎった顔と自分がだぶる。

(いい医者になれそうにないなら、政治家にでもなってみるか?)

——そうして手に入れた力とやらで、織田を潰《つぶ》せるのならな。

景虎の揶揄《やゆ》が聞こえてきて、直江はまた歯噛《はが》みした。……元から持っている人間にはわからない。このもどかしさが。見えない天井の下であがいている者の心など。信長も景虎も一緒だ。そうして高いところからせいぜい値踏みしていればいい。

(あなたに侮蔑《ぶべつ》されようが、俺は這《は》ってでもこの階段をあがりきってみせる)

病棟の窓から見える丘の上には新興住宅地が広がっている。甍《いらか》の波の中に、船のマストめいた煙突《えんとつ》があちこちに立って煙を吐き続ける。鉄橋を電車が通過していく。神風トラックが堤防の下を爆走し、工事だらけの埃《ほこり》っぽい道路をオート三輪が列をなして走っていく。

昭和三十四年。東京郊外。

世の中の歯車は猛烈《もうれつ》な勢いで回り続け、街は膨れ上がることをやめない。

＊

「長期療養……ですか」

　思いがけない指示を受けて、加瀬賢三《かせけんぞう》こと上杉景虎は絶句した。

　新橋《しんばし》駅から少し離れた路地に小さな診療所がある。「麻生《あそう》診療所」——そこに彼のかかりつけ医師がいる。雑然とした狭い診療室で、穴の開いた椅子に腰掛けている、よれよれの白衣を着た白髪の初老医師が、この診療所の所長・麻生治《おさむ》だった。

「知り合いの医者を紹介してやる。毒ガスの後遺症の治療法では、第一人者だ。そいつの病院が伊《い》豆《ず》にある。そこに行って養生してこい」

　景虎は何も言わず立ち上がった。途端に麻生医師から腕を摑《つか》まれた。

「……いつまでもダラダラ不《ふ》摂生《せっせい》しやがって。諦《あきら》めて治療に専念しろ」

「そんな暇はありません」

「暇があるとかないとかの問題じゃない。いずれ呼吸困難で死ぬぞ」

　景虎は黙って睨《にら》み返した。だが、麻生はそれしきで怯《ひる》む医者ではない。その昔は帝大《ていだい》医学部の付属病院で腕を磨いたというが、気性の荒さが災《わざわ》いして病院から追い出された。その後は、勝長同様、軍医として大陸に行っていた。

貧乏人からは治療代を取らないから「新橋の赤ひげ」なんて呼ばれている。

その「赤ひげ」は、患者のわがままには容赦《ようしゃ》しなかった。

「………。どうにかなりませんか」

東京を離れるわけにはいかない。長期療養なんて考えられない。

「自業自得だ。あれほど煙草はやめろと言ってるのに耳も貸さないやつなんぞに、俺が甘い顔をするとでも思うのか」

景虎は溜息《ためいき》をついた。麻生の鼻はごまかせない。

「吸入だけでなんとかすることは」

「無理だな。おまえさんの肺に唯一効くのはまだ日本じゃ認可のおりてない新薬だ。臨床試験でしか使えない。経過観察できることが条件だ」

あくまで渋る景虎に向かって、麻生はカルテを書く手を止め、振り返った。

「いいか。おまえさんの肺は成人男性の半分しか、まともに機能してない。これ以上無茶をすれば、呼吸不全で一生、酸素吸入器の世話になるはめになる。夜の仕事はやめろ。煙草もだ。空気のいいところに移って、体をいたわってのんびり暮らせ」

「そういうわけにはいかないんです」

「自分にしかできない仕事なんか幻想だ。おまえの代わりなんか、ごまんといる。男なんてやつはみんな『自分にしかできない』なんて思いこみにしがみついて、かろうじてプライドを守ってるもんだが、世の中の大概《たいがい》のことにゃ代わりがいるんだ。そんなもんより自分を大事にしろ。命以上に掛け替えのないものなんてありゃせん」

景虎は黙った。麻生の理屈には時々無理もあるが、反論を呑《の》み込ませるぐらいの気迫と説得力がある。麻生は背を向け、またカルテに万年筆を走らせた。

「伊豆に行ってこい。さもなくば、金輪際《こんりんざい》、薬は出さん」

景虎は溜息をついて、シャツのボタンをとめはじめた。


診療所を出る頃には、街に夜の帳《とばり》が下り、ネオンが瞬《またた》き始めていた。赤提灯《あかちょうちん》に誘われたサラリーマンたちとすれ違う。景虎は上着を肩に担《かつ》いで、俯《うつむ》きがちに路地を歩いた。烏森《からすもり》神社の鳥居が目に入り、ふらり、とくぐった。

電球に照らされた拝殿《はいでん》の前で、なけなしの賽銭《さいせん》を投げ、柏手《かしわで》を打った。黙って瞑目《めいもく》していると、雑踏のざわめきが遠く聞こえる。かつて平将門《たいらのまさかど》の乱を鎮《しず》めに来た藤原秀郷《ふじわらのひでさと》に、白狐が白羽の矢を与えたという伝承のある社《やしろ》だ。飲み屋の並ぶ歓楽街にあって唯一、気の休まる場所だった。

「最後は神頼みか……」

本殿の階段に腰掛け、煙草をくわえ、火を点《つ》けようとして、……手を止めた。麻生の言葉が耳に甦《よみがえ》り、結局、吸わずに折ってしまった。

朽木の――信長の姿が頭から離れない。

――おまえを殺すのは、この俺だ。

煙草を吸っていると、溜息も煙草のせいにしてしまえる。それまで取り上げられたら、溜息もつけなくなる。景虎はうなだれて苦笑いするよりほかなかった。

――朽木、戻ってこい。何もかも帳消しにして、ただの加瀬と朽木で……！

(なんであんなこと言ってしまったんだろう……)

織田に殺された加瀬の両親や姉、友たちが近頃、夢に出てくる。なぜ仇《かたき》をとってくれなかったのか。絶好の機会だったろうに。私たちを殺した男を生かすつもりなのか、と泣いて責める。言い訳もできず、うなだれることしかできない。

多くを語り合わずとも、感覚でわかり合えてしまえると感じる。そんな不思議な男だった、朽木は。他人のくせに自分の体の延長とも思えるほどに、何かが似ていると感じた。理解をするのに時を要さない。いわば、直感で理解し合えてしまう。あれが信長という男なのか。本当に？

信長の残忍さを理解することは永遠に不可能だとずっと感じていた。

全く理解できる部分がない、異種族のような男だと。

違うのか。そうじゃないのか。肌でわかる。そこに一縷《いちる》の違和感もないのが恐ろしい。

あの残忍さもまごうことなき朽木の一部なのか。それもひっくるめて共鳴しているのか。

他人事ではない。自分自身にもそれがあると？

（オレもかつては怨霊大将だった……）

理性も良心も、何もかも剝《は》がされた時に顕《あらわ》れる本性は、もしかしたら——。

信長ともよく似ているのではないか。

景虎は、ぞっとする。

「朽木……」

新橋の芸妓《げいこ》たちが夜参りにやってきた。どこぞの気のいい旦那《だんな》を囲んで、ちやほやと賑やかだ。居づらくなって立ち上がった。

レガーロも営業を始めている時間だった。執行《しぎょう》社長からは今週いっぱい休むよう言われているので今更、出勤でもない。だが、店の様子が心配だった。神社をあとにして、少しだけ顔を出すことにした。

「いらっしゃ……、加瀬さんじゃないすか」

真っ先に迎えたのは岩佐《いわさ》だった。従業員用の通用口ではなく、店の入口から入ってきたので、余計びっくりしたようだ。景虎は軽く手をあげた。

「体のほうはもういいんすか」

「……医者の帰りだ。ちょっと様子が気になったから寄ってみた。盛り上がってるな」

マリーのステージが始まっている。今夜も華《はな》やかなサテンドレスを着こなして、スポットライトを浴びながら、美声で観客を酔わせている。ドラムを叩《たた》くのはナッツだった。その後もめきめきと腕をあげ、毎日一時間ほど叩かせてもらえるようになっていた。若さ溢《あふ》れる彼のドラムは荒削りだが、聴き手をのせる天性のパフォーミング勘があるのだろう。キャンドルの灯《とも》るテーブルで、客もリズムに合わせて体をスイングさせている。暗いフロアには芳醇《ほうじゅん》な時間が流れている。夜に花開く音楽で溢れた、夢のひと時だ。

今夜も直江の姿は見えない。そういえば、実家の病院の開業式だと言っていたか。少し胸を撫《な》で下ろした。自分が休んでいることを知られないで済む。

「もういいのかね。加瀬くん」

カウンターから元《げん》さんが声をかけてきた。

隣に、若いバーテンダーがいる。よく見ればフロア係のウェイターだった。

「マサじゃないか。そこで何やってんだ」

「ああ。君の代わりにバーテンダー見習いをさせてるんだよ」

元さんが朗《ほが》らかに答えた。寡黙《かもく》なウェイターの若者は、景虎にぺこりと頭を下げた。

確かに元さんも腰を痛めてからは時々休みがちだった。その上、景虎までこんな調子では、カウンターの中がおぼつかない。

「いやね、マサが自分から言いだしたんだよ。バーテンをやってみたいって」

な？　と元さんはマサを見た。景虎には意外だった。

普段、寡黙でおとなしい若者が自分から申し出てくるとは。

「ナッツがドラム始めたのを見て、刺激を受けたんだそうだ。前からやってみたかったって」

名詰幸太《なつめこうた》の挑戦は、同じフロア係の若者の心にも火を点《つ》けたようだ。マサも執行の許可を得て、本格的にバーテン修行を始めることになった。道具の扱いもまだまだ不慣れだが、メモを取りながら学ぶ姿は、真剣そのもので、目の輝き方もまるで違う。

「……そう、ですか」

景虎には若手のやる気が嬉《うれ》しかった。レガーロにまた新しい才能の芽が育とうとしている。やりたいことを見つけて、それを人生の「道」にしていく。彼らの姿は眩《まぶ》しい。

──おまえの代わりなんか、ごまんといる。

ふと麻生の言葉が脳裏《のうり》をよぎった。一抹の淋《さび》しさを感じた。あとを任せられる若者がいてくれるのは、頼もしいことだが。

レガーロを出ていく準備ができつつあるということだろうか。

「もう帰るのかい？」

「ええ。一応、病人ですから」

「一杯飲んでいきなよ。酒は百薬《ひゃくやく》の長《ちょう》ともいうだろ。おごるよ」

元さんの厚意はありがたいが、仕事を休んでいる人間が呑気《のんき》に店で飲んでいるわけにもいかない。フロア係の皆に「頼むぞ」と言い残して景虎は店を出た。すると、あとから元さんが追ってきた。

「加瀬くん、ちょっと話が」

元さんの「話」とはこうだった。

知ってのとおり、少し前から腰を痛めてカウンター仕事がだんだん難しくなってきた。年齢も年齢だし、そろそろ引退も考えている。そこでレガーロのカウンターを今後、本格的に君へ任せたいのだ。君はカクテル作りの覚えも早いし、仕切りもうまい。マサという部下もできたことだし、この店のメイン・バーテンダーとして自分のあとを継いでくれないか。

景虎は驚いた。

「あ……ありがたいお話ですが……」

「彼は加瀬くんを見ててバーテンに憧《あこが》れたそうだよ」

景虎は目を瞠《みは》った。元さんは目尻《めじり》の笑い皺《じわ》を更に深くして、

「君には何か世を忍ぶ理由でもあるのか、日陰《ひかげ》でひっそりしていたいようだが、君がカウンターに入ると不思議に場が華やぐ。まるでそこがもうひとつのステージみたいに」

「元さん……」

「奥の深い仕事だよ。世界中の酒の知識を身につけて、お客さんの求める美味《うま》いカクテルを提供し続けるのは。やり甲斐《がい》もあるだろう。いずれは独立して自分の城を持つことも」

景虎は深く頭を下げた。「少し考えさせてください」とだけ答えた。

「……そうか。体のこともあるだろうから、答えは急がないが、真剣に考えてみてくれ」

景虎の肩を叩き、元さんは店に戻っていく。ベテラン・バーテンダーの掌《てのひら》は温かかった。

高架橋の上を電車が通り過ぎていく。轟音《ごうおん》と共に光の帯《おび》が勢いよく過ぎると、煉瓦《れんが》壁の道に静けさが戻る。剝がれたポスターが風に飛ばされ、足許に絡みついてきた。

「自分の城……か」

そんな発想は全《まった》くなかったから、不思議な気分だった。路地裏の片隅《かたすみ》に小さなバーを開き、毎晩、気のおけぬ仲間が入れ替わり立ち替わりやってくる。その中には直江や色部たちもいる。そんな夢想にひと時、身を任せると、自分の夢を追いかけたくなったマリーの気持ちが少しだけわかる気がした。

——ごめんね、景虎。わがまま言って。レコードデビューは諦めるから。

先日の事件後、マリーが景虎にそう申し出た。自分の浮ついた心が敵に隙《すき》を与えたのだと痛感した彼女は結局、遥香《はるか》とのデビューも自分から断ってしまった。

——わかってる。ここでこうして歌ってられるだけでも御の字なのよね。

私は満足だから、と淋しそうに言ったマリーの微笑が忘れられなかった。胸が痛んだ。苦い気持ちだけが残った。今はそうするより仕方がない。織田を殲滅《せんめつ》させるまでは。

この戦いに勝つまでは。

今は有事だ。戦地にいるのと同じだ。

（逃げ場なんてない。そうだろう、直江……）

景虎は立ち止まり、電線の向こうに瞬く星を見上げた。

（だが、オレはおまえが思うような「正しい人間」なんかじゃないよ……）

その時だ。

どこからか聞き覚えのある音楽のフレーズが聞こえてきた。誰かが弦楽器を奏《かな》でている。バイオリンのようだ。緊迫感のあるそのフレーズは、ショパンの『革命のエチュード』だ。北里美奈子《きたざとみなこ》がウエディングドレスを着て弾《ひ》いた、あの曲ではないか。

景虎は曲が聞こえてくるほうへと歩き出した。ガード下のおでん屋台のそばで、バイオリンを弾き続ける若い男がいる。

流しのギター弾きは、よく見かけるが、バイオリン弾きとは珍しい。

電車が轟音をあげて、頭上を通り過ぎる。しかしバイオリンの音色《ねいろ》がかき消されることはない。

景虎は目を瞠って立ち尽くした。

一曲弾き終えると、今度は隣の屋台から声がかかる。「島倉千代子《しまくらちよこ》の『東京だョおっ母さん』弾いてよ」。リクエストどおり流行歌を弾き始め、酔客たちが合唱し始めた。

ガード下のバイオリン弾きは、身なりはぼろだが、奏でるバイオリンは立派なものだ。よく磨かれた艶《つや》のある木目《もくめ》、楽器の価値自体は景虎にはよくわからないが、レガーロのバンドのウッドベースにもひけを取らない美しさと、不思議な品の良さがある。奏者のボロ具合とは、ちょっと不釣り合いだ。

やがてリクエストが絶えると、バイオリン弾きは丁重に一礼し、次の屋台を探すため、猫背気味に歩き出した。景虎は行く手を遮《さえぎ》るように立ち、呼び止めた。

「オレにも一曲、弾いてくれないか」

振り返ったバイオリン弾きは、すだれのような前髪の奥から、鈍い瞳《ひとみ》でこちらを見た。

「一曲百円。何にします」

「『幻想即興曲』は弾けるか。ショパンの」

「難曲ですね。いいですよ」

バイオリン弾きは力強く奏で始めた。見事な腕だ。まるでガード下がホールにでもなったようだ。きびきびとした弓の動きは自在で、迫力のある弦の響《ひび》きが景虎の耳だけではなく、脳も心臓も骨までも震わせる。体全体で弾き上げる奏法は、決して端整《たんせい》とは言えないが、音楽には疎《うと》い景虎にも、名手だとわかった。

なにより気になったのは、そのバイオリンが生み出す「現象」だ。

(なんてことだ……)

音色に誘われるように、霊が現れる。

地縛霊《じばくれい》なのか、浮遊霊なのか、はたまた土地に根付いた精霊《せいれい》なのか。

地面から沸き立つ蒸気のように現れて、彼の周りで活性化し始めるのだ。まるで枯れ野に花が一斉に咲き出すような、異様な光景だった。

景虎は固唾《かたず》を呑んで見つめていた。……奏者の力か、楽器の力か。

いずれにせよ、ただものではない。

バイオリン弾きは自《みずか》らの音色に陶酔《とうすい》しながら、暗いガード下で『幻想』を奏で続ける。

＊

連休明けの大学構内を、白衣姿の学生たちが慌《あわ》ただしく行き来する。

新緑が目に眩しい。ついひと月ほど前は満開だった桜も、今は瑞々《みずみず》しい若葉を枝いっぱいにまとい、陽光に輝いている。初々《ういうい》しかった新入生も、そろそろ大学生活に馴染《なじ》み始め、四月までの浮き足だった空気もだいぶ落ち着いてきた。

通常授業が始まると、学生も腰を据《す》えるようになるのだろう。大学の日常が戻っていた。

「笠原先輩、お久しぶりです！」

中庭で呼び止められて振り返ると、渡り廊下《ろうか》から、白衣姿の坂口靖雄《さかぐちやすお》が駆け寄ってきた。

「坂口、久しぶり。あれ？　学生服じゃないね」

「ええ。僕も春からはちょっと垢抜《あかぬ》けようかと思いまして」

レガーロ通いを始めてから、目覚めたらしい。相変わらず黒縁眼鏡に髪はきっちり七三分けをしているが、着衣は私服に変わっていた。直江は面食らった。黄色いシャツに赤いズボンという、ちょっとのけぞるような出《い》で立《た》ちだ。

「どうです？　似合いますか」

「ま、まあ、いいんじゃない？」

「僕も春から先輩ですしね。しかし今年は新入生も多いですね」

募集人員を増やしたせいだ。医者不足を補うため、医師を増やす方向で、医療業界も動いている。増える学生に対応するため、構内の一画では新しい校舎を建てる工事が始まっていた。今もすでに重機が入って整地作業をしている最中だ。

「研究室も手狭になっていたし。ちょうどいいんじゃないかな」

「そうだ。笠原先輩のおうちの病院、開業したそうですね。おめでとうございます」

「ありがとう。今日から診療が始まるみたいだ」

「先輩は未来の院長先生ってわけですね。いいなあ。僕も雇ってもらえませんか」

「はは。無事、医師免許がとれたらね。それよりレガーロには行ってるのか」

もちろん！　と坂口は胸ポケットから写真を取りだした。マリーが写っている。

「ブロマイドです。僕が執行社長にお願いして作ってもらいました」

「そんなものまで売り出したのか」

これが結構売れている。遥香やダンサーたちの分もある。撮影カメラマンは宮路良《みやじりょう》。直江は呆《あき》れた。マリーのレコードデビューの夢は露《つゆ》と消えたが、こういう根強いファンがいる限り、彼女の「店での人気」は安泰《あんたい》だ。

「そういえば、加瀬さんが店を休んでるそうだが、そんなに悪いのか」

「肺の調子がよくないみたいですね。ここ数日、元気がなかったなあ」

信長と対峙したせいでもある。それは直江にも痛いほど伝わっている。

東京タワーで朽木と再会した景虎は、ずっと葛藤《かっとう》を引きずっているようだった。信長を「殺す」ことに躊躇《ちゅうちょ》した自分を責めている。一縷の希望を捨てられないでいる、自分を。

むろん坂口は知らない。レガーロの誰も知らない。

あの「朽木」が「加瀬」の宿敵であったなど。

(友の絆《きずな》を育《はぐく》んだ男が、家族の仇だったなんて。誰だって信じたくない。受け入れられない)

情と憎悪で胸が引き裂かれそうになっている。体は正直だ。どんなにポーカーフェイスを貫《つらぬ》いても、心の痛みは一番弱っているところに症状となって顕れる。皆の前では強がって、何でもない風を装う景虎だが、カウンターの陰で明らかに吸入器を手にとる回数が増えていた。

朽木と景虎の間には、不思議に共鳴し合う何かがあるようだった。レガーロにいた時も、あの景虎が珍しく自分から打ち解けているのが伝わった。真逆と見えて、よく似た何かをお互いに嗅《か》ぎ取っているようだった。立ち入れないものを直江も感じていた。

引き金に指をかけても、最後の一引きができない。そういう自分をどう抑《おさ》え込んで、どう越えればいいのか。たぶん、いま景虎は人知れず闘っている。

「……………。とにかく肺だな。うちの病院に近々来てもらったほうがいいかもしれない」

「先輩の病院に？　いい医師《せんせい》がいるんですか」

「ああ。先日、アメリカから帰ってきたばかりの人なんだけど……」

と、言いかけたその時だった。

突然、ドオンという轟音が上がり、衝撃で足が浮いた。

次の瞬間、爆風が吹きつけてきて、直江と坂口も思わず身をかがめた。激しくガラスが割れ、悲鳴と怒声があちこちから上がった。なんだ!?　と音が上がったほうを振り返ると、工事現場のほうからもくもくと黒い煙があがっている。

近くにあった物置小屋はめちゃめちゃに壊れ、停めてあった車も大破し、校舎のガラスも大量に割れてしまっている。

「おい大丈夫か！　坂口」

「先輩こそ怪我《けが》は！」

「大丈夫だ。一体なんだ。ガス爆発？」

校内が混乱している。教室内では怪我人も出ているようだ。ガラスを浴びて血だらけになった学生が、うずくまっているのが見えた。

「いけない。とにかく怪我人の救護が先だ。坂口」

「はい！」

突然の爆発事故だった。

直江と坂口はすぐに校舎に戻って、怪我人の手当てをしてまわった。そうこうするうちに消防車やパトカーが駆けつけてきて、現場はたちまち騒然としてきた。校舎の中はひどい有様だ。割れたガラスや吹き飛ばされた物が散乱して、めちゃめちゃになっている。重傷者はただちに隣接する付属病院へと運ばれた。他にも軽傷者はたくさんいて、大混乱になっている。が、学内にいるのは医者の卵たちだ。おかげで応急手当てにあたるのも早かった。

「笠原くん！　大丈夫だった？」

吉岡《よしおか》恵美子《えみこ》がふたりを見つけて飛び込んできた。

直江たちは、最後の怪我人を病院に送りだし、割れたガラスの片づけをしているところだった。

「ああ。びっくりしたね。何が起きたんだろう」

「いま警察が現場検証してるけど、どうやら不発弾らしいわよ」

不発弾？　と直江は訊《き》き返した。恵美子は「うん」とうなずき、

「戦争中、この学校の近くにも空襲があったらしいの。その時落とされた爆弾が土の中に埋まってて、工事中に爆発したみたい」

直江は坂口と顔を見合わせた。空襲があった街で不発弾が出てくることは、珍しくはない。

建物の工事などで地中を掘っている時に発見されることも、ちょくちょくあった。その多くは大抵爆発することはなく、信管を取り外して処理されるのだが、今回は運が悪かった。

重機で掘削《くっさく》中に爆弾に触れ、爆発してしまったらしい。

「こんな郊外でも空襲があったんですね」

「ええ。ここの敷地、もともとは陸軍の研究施設があったところでしょ?」

占領中は進駐軍に接収されていたこともある。

だが占領終了を待たずに返還されて、跡地に大学が建てられた。東都大はもともと、山手《やまのて》にあったが、空襲で焼けてしまったこともあり、ここへと引っ越してきたわけだ。

「陸軍のって……あれですか。噂《うわさ》の、秘密研究所とかいう」

「そう。それ」

ただの研究施設ではなかった。陸軍での謀略《ぼうりゃく》に使われる兵器や道具を作るための秘密研究が行われたと言われている。風船爆弾や薬物研究、果ては偽札《にせさつ》印刷までやっていたそうだ。

それらの施設は、日本の敗色が濃くなった終戦直前、ここから移されて上伊那《かみいな》のほうに引っ越したと言われている。空襲があったのも、この施設があることが米軍に伝わったせいだと言われていた。

施設の建物は、一部まだ残っている。今はほとんど物置になっている、校舎の西の隅の古びた洋館。そこがそうだと。

「ああ、あそこか。あれでしょ。幽霊が出るって噂の」

と坂口が言った。直江が軽くドキッとして「幽霊？」と問いかけると、坂口はうなずき、

「あの洋館、出るらしいんですよ。人体実験で死んだ人の幽霊なんじゃないかって」

「人体実験？」

「ええ。大きな声じゃ言えないんですけどね……。陸軍の秘密研究所というのは、色々と怖い研究をやってて人体実験もはばからなかったって言うんですよ。実際、ここの校舎を建てる時も人骨がいっぱい出てきたりしてたみたいですし」

直江は神妙な顔になった。確かに、この校内には幽霊が何体かさまよっていた。

だが、それは空襲で犠牲になった死者のものだと直江は見立てていたのだが……。

「あら。変ね。ここでは医学的な実験はしてなかったって話も聞くわ」

「そうなんですか。でも人骨も出てるみたいですよ」

「江戸時代に処刑場があった、なんて話も聞くけど」

いずれにしても不穏《ふおん》すぎる。まあ、そういう場所だからこそ土地代が安く、広大な敷地が手に入りやすかったのかも知れないが……。

「……まあ、幽霊はともかく、ガラスがこうきれいに割れてしまっては、明日からの講義は吹

きっさらしの中で受けることになりそうだな」

「真冬じゃなくてよかったわね」

重傷者は数名出たが、幸いにして死者は出なかった。しかし建物や器物の損壊は甚《はなは》だしい。

思わぬ爆発事故で東都大のその日の講義は全部休講になってしまったが、本当の不可解な事件はここから始まったのだ。

*

その夜、直江は奇妙な夢を見た。

鼠色《ねずみいろ》の物淋しい空の下、廃墟《はいきょ》のような街をさまよっていた。

凍《い》てつくような寒さだった。

どこかの港町のようだ。ガス灯《とう》が道の両脇に並んでいる。凍りついた石畳《いしだたみ》の道を、顔のない影法師《かげぼうし》のような人々がさまよっている。ひょお、と風が吹いた時、直江は人の群れの中に、よく知る顔を見つけて思わず名を呼んだ。

景虎だった。

影法師たちの行列の中で、立ち止まり、振り返った。

――どこに行くんです。景虎様。

するると、景虎は革ジャケットのポケットに手を突っ込んだまま、こう答えた。

――船に乗るんだよ。直江。

――船？　そんなもの、どこに。

――おまえには見えないのか。あの船が……。

言われて振り返る。港とおぼしき岸壁の向こうに、いつのまにか巨大な船が停泊している。とてつもない巨船だ。戦艦大和《せんかんやまと》もかくや、と思えるほどの船体を誇る船だった。軍艦《ぐんかん》のようにも客船のようにも見える。極地でも航行していたのか、マストも煙突も凍りつき、真っ白になっている。そのマストには万国旗《ばんこくき》がはためいている。いや、万国旗と思ったそれは何も描かれていない。まるで弔旗《ちょうき》のような、黒い旗《はた》なのだ。

――あの船に乗ってどこにいくんです。外国ですか。日本から離れるんですか。

――ちがうよ。直江。あれは魂《たましい》を乗せる船だ。

――魂を乗せる船ですって？

――オレはあの船に乗ることにした。あの船は死者を乗せる船だ。直江。

ポケットに手をいれたまま、景虎は凍てつく風に翻《ひるがえ》る旗を眺めた。

――おまえは残れ。来ないでいい。もう自由にしてやるよ。

——何を言ってるんです。乗ってはいけません。乗るべきじゃない。

——おまえの近くにいる限り、オレは暴君でしかいられない。オレさえいなくなれば、おまえは楽に息ができるようになるだろう。おまえを救ってやるよ、直江。

——救う？　あなたが死者の船に乗ることが、どうして私を救うことになるんです。

——もう不毛な闘争はやめようじゃないか。おまえは結局、革命家になんかなれやしない。自分の卑屈《ひくつ》さに安住していたいだけだ。そこがおまえの無二の居住地だからだ。何もかも変えてしまうのも怖くて、苦しい苦しい惨《みじ》めだ惨めだとうめいていれば、自分が自分であれる気がするんだろう。

——馬鹿《ばか》なことを！　誰が安住など望んでいるものですか。

——もう疲れたよ。直江。

景虎は淋しそうに肩越しに微笑《ほほえ》んだ。

——ここに居続ければ、おまえはいずれオレを売るだろう。オレへの憎しみを募らせて、堪えきれずに売るだろう。そうなる前に。

——私があなたを売る……？　それはどういう意味ですか。

——変えることも壊すこともできないなら、去るしかないじゃないか。そうするしか。オレにはその「苦しさ」からおまえを救う術《すべ》がない。

——景虎様！

——呼んでる。懐かしい人たちが。

船の甲板《かんぱん》から手を振っているのは、加瀬の両親と姉だ。それだけではない。この戦争で死別してきた人たちが皆、先に乗っている。出港の汽笛《きてき》が重く岸壁に響く。景虎はタラップへと足をかけた。

直江は追いかけた。だが、押し寄せる無数の影法師たちが行く手を遮る。掻《か》き分けながら、直江は叫んだ。行ってはいけない。その船に乗ってはいけない。

——戻ってください、景虎様！　行ってはいけない！　そんなものが救いであってたまるものか！　私はただ、あなたを……！

ゆっくりと錨《いかり》が巻き上げられる。景虎を船腹に収めたタラップがあげられ、船体が岸壁を離れていく。

いつしか港には霧が立ちこめ、冷たい雪も降り始めている。

無数のテープが凍てつく風に躍《おど》っている。

直江は叫び続けた。叫んでも、叫んでも、船は戻らない。

その船を止めろ、止めてくれ！

あなたがいなくなるなんて、いやだ！　戻ってきてください！

行ってしまうくらいならその船をここで沈めてくれ。この俺と一緒に沈めてくれ！

景虎様！


自分の叫び声で、直江は目を覚ました。

ずっと眠っていたというのに、息を弾《はず》ませ、寝間着が汗でびっしょりになっていた。直江はしばらく混乱しながら、ベッドの上で茫然《ぼうぜん》としていた。

「――夢……だったのか……」

悪夢は珍しくはないが、恐ろしく生々しくて、今もどちらが夢なのかわからないほどだ。

凍てついた空気にかじかんだ指先の感触が、まざまざと残っていた。汗をかいているのに、指先だけは氷水にでも浸かっていたようにひんやりとしている。

今の今まで、あの港にいた。あの氷の港に。

もう一度、眠ったら、またあの場に戻れてしまえそうなほど、その気配も匂いもスケール感もしっかり体に残っている。巨船から吐き出される煙の重油臭さも。眼球に飛び込む小雪の冷たさまで。

なんなんだ、これは。

ただの夢じゃない。

なんて不吉な夢だ。景虎が死者の船に乗って去るなど……。

外はまだ暗い。どこかで野犬が激しく鳴いている。安らかな夜を壊そうとするようなのっぴきならぬ鳴き声が、直江の不安に勢いをつけた。

それきり朝まで眠ることができなかった。

*

その夢が本当に「ただの夢」ではなかったと確信できたのは、大学の昼休みだった。

いつもどおり学生食堂でひとり、定食を食べていた時だった。

昨日の爆発事故でも比較的被害の軽かった食堂には、学生たちが集まっていた。校舎修繕《しゅうぜん》のため、授業の半分は引き続き休講になっていたが、学生たちは興奮さめやらずという具合で、がやがやと騒がしい。そんな中、坂口が目ざとく直江を見つけて駆け寄ってきた。

「笠原先輩、大変です。先輩も見ましたか」

「え？　なんのこと？」

「例の夢です」

どきり、として直江は箸《はし》を握る手を止めた。

「夢？　……なんの？」

「今、みんな、その話題でもちきりですよ。船の夢です。船の」

直江はますます穏やかならざる気持ちになって、坂口に問い返した。

「なんでおまえがあの夢のことを知ってるんだ」

「えっ。……ってことは、先輩も見たんですか。霧の深い港から大きな船が出ていく夢ですよ」

「先輩も、ってことは、他の人たちも同じ夢を見たっていうのか」

「今、大騒ぎになってますよ。ゆうべ、みんなが同じ船の夢を見たっていうんです。何かどこか樺太《からふと》あたりにありそうな真冬の港って感じじゃありませんでしたか」

直江は夢の光景をはっきりと覚えている。確かにそうだ。あまり日本の港という感じがしなかった。雰囲気《ふんいき》は異国情緒溢れる横浜《よこはま》か函館《はこだて》か神戸《こうべ》か、赤煉瓦《あかれんが》の倉庫街があってガス灯があって、灯《あか》りが霧に滲《にじ》んでいる。同じ港でも日本の漁港のような雰囲気ではない。ヨーロッパの映画に出てきそうな……。

「ああ、それだ。みんな当たってます。他の人たちもそういう港の夢を見てるんです。しかも巨大な船が出て来るんです。タイタニックみたいな」

「タイタニック……だったかどうかはわからないが、煙突が三本あった」

「それだ。そこにたくさん死んだ人が乗ってませんでしたか」

——あの船は死者を乗せる船……。

景虎の言葉がはっきりと甦った。直江はうなずいた。

「そうだ。死者を乗せる船だと……」

「みんなが見てるのも、それなんです。学生だけでなく教職員の人たちまで見てるんです。戦争で死んだ人たちや、ご先祖様まで乗ってたっていうんです」

「どういうことだ……」

不可解すぎる。まるで何かの催眠暗示にでもかけられたようではないか。

そこに吉岡恵美子までやってきた。いつも朗らかな恵美子の顔がすっかり血色をなくして、頬《ほお》も強《こわ》ばっている。

「……笠原くん、私も見ちゃった」

「見た？　あの死者の船の夢をかい？」

「ええ。五年前に死んじゃったお祖父《じい》さんや先日亡くなった花山《はなやま》さんも乗ってたの。私を手招いていたわ。一緒においで。一緒にこの船に乗ろうって」

直江の見た夢では死者から呼ばれたのは自分ではなかった。夢に出てきた景虎だった。他の学生たちの話では、皆、総じて自分が死者の船に呼ばれたという。

恵美子は直江にすがりついてきた。

「いやだ。怖い。気味が悪い。なんで、みんなで同じ夢を見るの？　何かの呪いなの？　こわいよ、笠原くん」

震える恵美子の肩を抱きながら、直江は坂口と顔を見合わせた。

奇妙な現象が起きている。

だが、それはまだまだ序章だった。

東都大の怪現象は、その日から不気味な展開を見せ始めたのだ。

第二章　向山の三猛将

東都《とうと》大の学生や教職員の間で「同じ夢を見る」という怪現象は、その日のみでは終わらなかった。

翌日も翌々日も連続して同様の現象がみられるに至っては、いよいよ不気味で「何かの偶然」では片づけられなくなってきた。学内はその夢の噂《うわさ》で持ちきりだ。

「やっぱり変ですよ。笠原《かさはら》先輩」

坂口《さかぐち》が息巻いて笠原尚紀《なおき》に訴えた。いつもの動物慰霊碑《いれいひ》の前でのことだった。

「こんなに立て続けに同じ夢を大勢のひとが見るなんて。絶対なにかありますって」

「例の夢のことは教授たちの耳にも入ってるんだろ?」

直江《なおえ》は慰霊碑に供える線香《せんこう》に火を点《つ》けて、言った。

「先生たちはなんて言ってるんだ?」

「集団ヒステリーじゃないかって言ってますよ」

「ヒステリー?」

「ええ。あの爆発事故があってからでしょ? 精神的ショックから起きた集団ヒステリーじゃないかって」

坂口の言葉を背中に聞きながら、慰霊碑へ合掌《がっしょう》しおえた直江は、ようやく向き直った。

「それは変だ。集団ヒステリーっていうやつは、そもそも同じ場所にいるから起こるものじゃないのか。精神的ショックを受けて同じ夢を見るというのは、どうも説明が足りてない。ましてや『死の船』なんていうモチーフはどこから来たんだ?」

「それは……何かで見たり聞いたりしたものが、精神的ショックが引き金になって一斉に想起されたじゃないかって」

「何かって?」

「映画やラジオドラマ……紙芝居や貸本……あとはー……。ともかく不発弾の爆発で身の危険を感じたせいで、死のモチーフに繋《つな》がるものを皆で一斉に思い浮かべたと」

「どうも少し無理があるな」

立ち上がって、羽織《はお》っていた白衣の裾《すそ》を払った。

「大体、映画だラジオだというけど、坂口、君はそんなの見たり聞いたりした覚えがあるか?」

「ちょっとないですね……。あ、でもホラ。複合的なイメージがひとつに凝縮されて『死の船』になったのでは」

「同世代なら影響を受けてきたものも似通ってるはずだから、そういうこともあるかもしれないが、世代の違う教職員までも見ているからな」

「なら先輩はなんだと思うんです?」

直江は小高い丘にある慰霊碑越しに、例の洋館を見やった。旧陸軍の研究所があったという名残の洋館だ。すると、そこへ女子学生が石段を駆け上がってきた。吉岡恵美子《よしおかえみこ》だった。

「やっぱりここにいたのね。笠原くん」

「吉岡さん、どうだった?」

恵美子は学生たちに聞き取り調査を行っていた。彼女は交友関係も広い。今日も片っ端から訊《き》いて回っていたらしい。

「やっぱり増えてるみたいよ。『死の船の夢』。共通してるのは、場所はどこか寒い港町と迎えの船はタイタニックみたいな黒い客船ってところね。あとは死んだ知人から呼ばれているところ。相手は見る人によって各々《おのおの》違うけど」

「そうか。で、吉岡さんは昨夜は見た?」

「ううん。安眠できたわ。これが効いたのかしら」

と首から下げている護符《ごふ》を取りだして見せた。直江が与えた「除魔《じょま》」の護符だった。

「そういえば、夢の原因について、新説が広まっているそうよ」

「新説？　まだ何かあるのか？」

「あのね、不発弾が爆発したところには、旧陸軍が研究中だった特殊な薬品が埋めてあったっていうの。終戦を前に研究所が長野に引っ越した時、持っていけない薬品を隠して埋めたそうよ。自白剤に使った向精神薬みたいなものらしいんだけど、それが爆発で吹き飛んで、気化して広まってしまって、その成分を吸った人たちが同じ夢を見ているのではって」

直江は坂口と顔を見合わせた。今度は「旧陸軍の薬品」と来た。

「学内全域に広がるほど高濃度だったっていうのかい？　屋内でもないし何か無理があるな」

それに一日目に夢を見た者たちはともかく、二日目以降は噂を聞いたために影響を受けて夢を見た者もありそうだ。

「原因がわからないと、やっぱり気味が悪いですね」

「坂口くんは夢は見ないの？」

「僕ですか？　今のところ、まだ。なんで見れないんでしょうね」

これでも実家は「龍女《りゅうじょ》」と呼ばれる巫女《みこ》を生み出す家系なので、霊感があってもおかしくはない坂口だが、あいにく神経は太くできているようだ。

「皆が騒いでると、逆に見てみたいですよ。笠原先輩はその後は見たんですか」

「ああ。だけど、よくわからなくなってしまった」

眠る時は「その夢を見て探ってやろう」との意気込みだったから、見た夢が本物なのかどうかもよくわからない。ただ奇妙な感覚は相変わらずだった。夢を見たというより自分がその世界に「行った」という感覚だ。日本ではないようだった。看板にロシア語があった。

その夢に景虎《かげとら》は出てこなかった。

――いずれおまえはオレを売るよ。

(あの言葉の真意を確かめたかったんだが)

夢だというのは、承知だ。

だが、あの時の景虎の言葉がずっと引っかかっていた。夢の中の景虎に問いただしたかった。自分が景虎を売るとはどういうことだ。彼を裏切るというのか。なぜ。そこに何か、未来への恐ろしい暗示が潜《ひそ》んでいるようで、どうしてもその正体を確かめたかったのだ。

だが、そこで景虎を見つけることはできなかった。船も見られなかった。ただ凍《い》てつく石《いし》畳《だたみ》の上を延々と彷徨《さまよ》っているうちに、目が覚めてしまった。

「集団ヒステリーでもないなら、どういう作用なんだろうな」

顎《あご》に手をかけて考え込んでしまう。

「吉岡さんが除魔の護符を手に入れたら夢は見なかった……というのが気になるな。やっぱりちょっと調べてみよう。坂口、放課後つきあってくれるか?」

「え……はい。もちろん。でも何をするんです」

直江は、丘の上から爆発事故現場を見やった。

「現場検証だ」

*

まさか自分の通う大学に忍び込むことになろうとは。

深夜とあって、正門はすでに閉まっていた。仕方なくフェンスを乗り越えて、人気《ひとけ》もない大学構内に脚《あし》を踏み入れた直江と坂口は、爆発事故の現場へとやってきた。

「足許に気をつけろよ」

懐中電灯を手に持って、造成中の工事現場を照らしている。

不発弾が爆発したせいで、地面には大きな穴が開いている。クレーター上の陥没《かんぼつ》穴の斜面には、爆風でひっくり返った重機は壊れたまま横転していた。運転席の窓ガラスはめちゃめちゃに割れ、ショベル部分がひしゃげてしまっている。

「凄《すさ》まじい威力ですね……」

「かつて米軍が空襲したのも、ここの施設を吹き飛ばすつもりだったんだろう。もっとも、その時にはもう長野に移転してしまってたわけだが……。坂口、そこにいて俺のいるあたりを照らしててくれ」

「こうですか」

直江は用心深く穴の中に降りていった。地中に何が埋まっていたのか、確かめるつもりだった。何か残っていれば、と思ったのだ。「どうです？」と坂口が声をかけてきた。

「木片が散らばってる。何か箱のようなものが埋められていたようだ。薬瓶《くすりびん》の破片らしきものもあるな」

「じゃあ、やっぱり秘密研究の薬品が埋められてたというあれは……」

「うーん。何らかの危険物があったのかもしれない。不発弾と言っていたが、一緒に薬品も爆発したかもしれない」

「気化したガスが溜《た》まってたりしませんか。早くあがったほうが」

すでに警察が現場検証しているはずだから、危険物があったというなら、警察のほうで回収しているはずだ。その薬品とやらも分析していることだろう。

探しているのは、それとは別のものだった。深く抉《えぐ》れた地面の土を丹念《たんねん》に見て回り、ある場所で足を留めた。何か、黒くて硬い物体が斜面から顔を覗《のぞ》かせている。

あらかじめ持参した移植ゴテでその周りの土を掘り返してみた直江は「うっ」と小さなうめき声を発した。

「どうしました。笠原先輩」

坂口が声をかけると、「ちょっと降りて来てくれ」と呼んだ。

滑らないように殊更注意して、穴の底へと降りていく。直江は更に周りの土も掘り返していた。そこに埋まっていたものを見て、坂口はギョッとした。

「これは……鎧《よろい》、ですか」

「ああ。ただの鎧じゃない。見ろ」

そのすぐそばの土から、何かうっすらと白いものが覗いている。土を払った坂口は「ひっ」と叫んで身を反《そ》らした。あやうく斜面から転がり落ちるところだ。眼鏡がずれたまま、

「これ……ほ、ほ、ほ……ほね」

「ああ。人骨だ。鎧をまとった人骨だな」

「鎧武者《むしゃ》の遺体ですか……っ。なんでこんなところに。まさか死体遺棄《いき》」

いや、と首を振った。

「遺棄というほど最近のものじゃないみたいだ。埋葬《まいそう》されたものかも」

「でも変な姿勢ですね。横に寝かせず埋めるなんて。座ったまま生き埋めになったみたいな……」

「昔の棺桶《かんおけ》は〝桶〟というくらいで大体は樽型《たるがた》だったよ。遺体も膝《ひざ》を抱えてうずくまるような姿勢で収められるから。だが、確かにこの姿勢は少し変だな。鎧を着てるせいかもしれないけれど、背筋を伸ばして正座してる……。何より胴体だけだ。首がない。……おや？」

直江は鎧武者の遺体が出てきたところから少し右の土の中にも、何か黒い人工物めいたものを見つけた。もしや、と思って土を掘っていくと、そこからも同じような鎧武者の遺体が出てきたではないか。

「笠原先輩、こっちにも何かあります」

左手側からも同様の甲冑《かっちゅう》らしきものが出てきた。探してみたところ、どうやら三体。東西に並ぶような形で埋まっている。

「三人の鎧武者……の遺体ですか」

「もともとは棺桶に入ってたのかもしれない。並べて埋められた、ということは、ここは墓だった……ということか？」

戦《いくさ》か何かで首を取られて、胴体だけ残った武将がここに埋葬されたと見るのがいいようだ。

坂口は急に恐ろしくなってきたのか、直江の服の裾を掴《つか》んで、

「……笠原先輩。やっぱり、ここ何かあるんじゃないですか」

「ああ……」

じっと三体の遺体を睨《にら》んでいる。この爆発現場にはずっと不穏《ふおん》な邪気《じゃけ》を感じていたが、どうやら発しどころはこれら鎧武者の首無し遺体のようだった。

「もしかしたら、何か結界《けっかい》か封印のようなものがあったのかもしれない。それが不発弾の爆発で吹っ飛んで、邪気が漏《も》れだしたというところだろうか」

「うわあ……。また戦国時代の怨霊《おんりょう》ですか。龍神《りゅうじん》様のような方々ならいいけど」

坂口は、武田の龍神騒動を思い出して身震いしている。確かに邪気はあるが、霊体が宿っている気配は感じられない。むしろこの遺体に宿るのは、怨念《おんねん》というべきものだろう。

「この甲冑の感じからすると、やはり戦国時代の当世具足《とうせいぐそく》だな。……戦国時代か」

当時は武蔵国《むさしのくに》と呼ばれていた。このあたりを治めていた武将というと……。

「北条《ほうじょう》……か」

詳しい年代にもよるが、後北条《ごほうじょう》が武蔵国に進出したのは確か二代氏綱《うじつな》以降だから、この界隈《かいわい》も北条の領内だった可能性が高い。

北条一族と言えば、景虎の実家ではないか。

「まいったな……」

この三体の鎧武者が北条の武将だったのか、はたまた敵の武将だったのかはわからない。だが無縁とも思えない。大きく溜息《ためいき》をついた。

「……直接訊《き》いたほうが早いか」

＊

翌日、その男は東都大の正門で、煙草《たばこ》を吸いながら待っていた。

迎えに来た笠原尚紀を見ると「よう」と首を傾ける。加瀬賢三《かせけんぞう》だった。黒シャツに黒スラックス、緩《ゆる》い癖のある黒髪に黒いハンチング帽……と全身黒ずくめだ。前髪をおろして額《ひたい》を隠しているので、若く見えるが、明らかに学生という年齢ではない。

尚紀についてきた坂口が、元気よく頭を下げた。

「ようこそ、東都大へ！　昼間に加瀬さんとお会いするのは、不思議な気分ですね！」

一緒についてきた吉岡恵美子は目をぱちくりと瞬《またた》いている。坂口に耳打ちして「どなた？」と問いかけた。坂口は「笠原先輩のお友達です」と答える。尚紀はこそばゆげに、

「突然すみません。体のほうは、本当に大丈夫なんですか？」

「問題ない。店は、社長命令で、無理矢理休まされてるだけだから」

今朝、電話をして、加瀬に経緯《けいい》を話したばかりだ。北条に関する話を聞くだけのつもりだったが、彼は「直接査《み》る」と言いだして大学にまで押しかけてきた。

「へえ。ここがおまえの通ってる大学か。なかなか立派なところじゃないか」

こんな形で「笠原尚紀」の生活圏に、加瀬がやってくるとは思いもしなかったので、直江は緊張しきりだ。レガーロで会うのは全《まった》く抵抗がないが、くっきり分けているつもりの「尚紀の生活」を見られるのは、意味もなく羞恥心《しゅうちしん》を掻《か》き立てられる。

恵美子もなぜか緊張気味だ。明らかに大学にはいないタイプの、世慣れた年上男性を前にして、アガりきっている。四人はキャンパス内の長い坂道をあがり、学生食堂で詳しく話をすることになった。


「『死の船の夢』……？　君たちも見たのか？」

学生食堂の薄い珈琲《コーヒー》を飲みながら、加瀬賢三は、問いかけた。テーブルには、恵美子の友達も数名呼ばれていて、各々が見た夢の内容について明かした。

「……なるほど。集団ヒステリーと言いたくなる気持ちはわかるが、明らかに違うな」

「じゃあ、なんだと思いますか。やっぱり陸軍が開発した薬品ですか」

「薬品というより」

加瀬は神妙な顔つきになった。

「ビールス（ウィルス）……の類《たぐい》かもしれない」

学生たちはギョッとした。「どういうことです」と坂口が問いかけた。加瀬は鋭い目をして、

「ここの研究所の話は聞いたことがある。日本軍が謀略《ぼうりゃく》に用いる兵器や道具の数々を作っていたという特殊研究所だ。ビールス兵器なども扱っていたとの話をその筋の人間から聞いた覚えがある。爆発事故から何か症状が出た人はいないか」

学生たちは顔を見合わせ、「そういえば」と口々に言いだした。

「あの日から時々頭痛が……」

「私も喉《のど》が痛むようになりました。風邪かと思ったんですけど」

不安そうに言う彼女たちを見回して、加瀬は言った。

「そのビールスは睡眠中に明晰夢《めいせきむ》を見させるところから始まり、こじらせて悪化させると、昼間でも幻覚が見えるようになり、最後は昏睡《こんすい》状態に陥《おちい》るらしい」

「それ、本当ですか！」

「ああ。ビールスだから症状の出方にも個人差がある。坂口が見ないのは、人より抵抗力が強いおかげかもな」

「なら同じ夢を見るのはどういう仕組みです？　ビールスに夢の中身まで仕込んであるとは思

えません」

「大勢の人間に、ある周波数の音を聞かせ続けると、同じ夢を見るという研究がある」

加瀬は脚を組んで、煙草に火を点け、一口吸った。

「旧陸軍では集団催眠の研究もしていたそうだ。ビールスとの合わせ技で。……人間、長く同じ場所にいれば、自然と同じ音を聞いているものだ。たとえば学食の音楽」

と加瀬がスピーカーを指さした。先程から軽快なジャズが流れている。

「遠くに聞こえる電車の音。始業のチャイム。通りかかった竿竹《さおだけ》屋、豆腐《とうふ》屋、中華そばのチャルメラ……」

「どどうしたら、そのビールスはやっつけられますか！　早くワクチンを作らないと」

「なに。研究中だったそうだから、あったとしても少量だ。それに普通に抵抗力のある健康な人間ならそのうち治るよ」

恵美子たちはまだ不安そうに顔を見合わせあっている。昼休み終了の予鈴が鳴った。学生たちが立ち上がるより先に加瀬が立ち上がった。

「さあ、学生は授業だ。行った行った。尚紀、おまえはオレにつきあえ」

「今からですか」

「ひとコマ休んだところで出席日数には影響ないだろう。じゃあ、また」

と皆に言うと、加瀬は尚紀の腕を引いて、学食から出ていってしまった。残された恵美子たちはポカンとするばかりだ。途端に女子学生たちが一斉に坂口にくってかかった。

「ちょっと！　坂口くん、あのひと一体何なの！　笠原くんとなんであんな仲よさそうなの！」

「だ、だからお友達だって……」

「あんな大人のお友達、どこに行ったら知り合えるの！」

「れ、れがーろ……」

女子学生たちの興味を後目《しりめ》に、尚紀は、加瀬——こと景虎に追いすがりながら、問いかけた。

「待ってください、景虎様。さっきのビールスの話、本当なんですか」

「全部作り話に決まってるだろ」

「そんな無責任な」

「今度の事件には怨霊が関わってるかもしれません、なんて非科学的な話、医学生たちの前で、もっともらしくするつもりか。変に詮索《せんさく》されて騒がれても困る。しばらくそういうことにしておこう」

それにしても、と景虎は含み笑いを漏らした。

「おまえ、本当に大学生だったんだな」

「大学生ですよ。至極まっとうな」

「オレは授業参観に来た父兄の気分だったぞ」

「やめてください……」

学生たちは次々と教室に入っていく。その流れに逆らうように、景虎と直江は例の爆発現場に直行した。現場は遮《さえぎ》るものもないので外からは丸見えだが、そこは用意周到だ。あらかじめ遮視線の結界を張って、人目につかないよう呪力で仕掛けを施《ほどこ》した。

造成中の空き地は地面が剝《む》き出しになっている。爆発で大きく抉れて、すり鉢状になっていた。高台にあるため、遮るものもなく眺めがいい。例の研究所はかつて電波兵器の研究もしていたというが、確かに適地だ。眼下には住宅地や畑が望める。西のほうには丹沢《たんざわ》の山並みも望めた。

「この土地は戦国時代は北条領だったはずです。城か、砦跡《とりであと》だったのではと」

「それでオレに訊《たず》ねてきたのか。このあたりで戦があったとするなら、祖父・氏綱公の代だな。北条が武蔵に進出していった時に、河越《かわごえ》城の上杉朝興《うえすぎともおき》らと戦ってるはずだ。このあたりにも、敵味方の砦や城がちらほらあったはず。ちなみに父上の初陣《ういじん》も、その頃だったと聞いている」

景虎の実父・北条氏康《うじやす》だ。

氏康は「小沢原《おざわがはら》の戦」で扇谷《おうぎがやつ》上杉方と戦って、勝利を収めている。

「ここも、そういう砦のひとつだったかもしれないな」

だが祖父・父の代の話だ。景虎も詳しくはない。そうでなくても四百年も昔だ。いくら元は戦国時代の人間といっても、そうは覚えていなかった。

直江は景虎と一緒に、慎重に斜面をおりていった。昨夜、見つかった鎧には目立たないよう、もう一度、土をかけておいた。それを払い、景虎に見せた。

景虎はじっと目を細めて、三人の首無し武者を凝視した。

しばらく無言だった。

「いかがですか」

「……ああ。強い邪念を感じる。怨念だな。これだけひどいと、そうとう悪さを働いただろう。それと昔、誰かが怨念封じの術をかけていたようだが、爆発のはずみで封印が解けたんだな」

「私の見立ても同じです。ただ怨霊のほうは気配がない」

「強い残留《ざんりゅう》霊気は感じる。ここに封印されていたものの、解けて、地縛《じばく》からも解かれたのか。成仏《じょうぶつ》しているのならいいが、恐らくそうは問屋がおろさないってところだろうな」

三人の首無し武者。この三人には、一体なにがあったのだろう。

北条方か、それとも……。

「オレも北条の人間だが、これだけじゃなんとも言えないな。霊がいたなら、反応をみることもできるだろうが……」

その景虎も、すでに何度も換生《かんしょう》を繰り返し、肉体に限っていえば、北条の人間の匂いは全くなくなっている。心も今は上杉の人間なのだが……。

景虎は「少し当たってみるか」と言いだした。

「地元の歴史に詳しい人間を探して、何かこの山に謂《いわ》れがなかったか、探ってみよう」

＊

結局、その日、直江は午後の授業には出席できなかった。景虎と一緒に地元の古老探しをすることになったからだ。景虎も北条の怨霊が関わっているかもしれないとなると、任せきりにはできないのだろう。

地元の歴史を調べるならば、まずはさしあたって古くからある寺を訪れるのが定石だ。大学は丘陵地にあるので、移動にはどうしても坂の上り下りをしなければならない。息を切らしがちな景虎を気遣《きづか》って、直江は歩調を緩《ゆる》めた。

「大丈夫ですか。色部《いろべ》さんからも肺の調子がよくないと……」

最近は車がどんどん増えてきて、都心では排気ガス汚染が問題になっている。舗装されていない道では乾燥していると砂埃《すなぼこり》が舞って、それもよくなかった。

「要らない心配してる暇があったら、さっさと本当の医者になって治る薬でも開発しろ」

直江は驚いた。景虎が彼に期待を寄せているようなことを言うのは珍しかったからだ。かえって気になった。

「よくないんですか？　治療のほうも」

「………。伊豆《いず》の病院で療養しろと医者に言われた。できないなら薬は出さないと」

直江は思わず黙ってしまった。療養を迫られるくらいだ。やはり勝長《かつなが》の言うとおり、調子は悪くなる一方なのだろう。直江は景虎に悟られないよう溜息《ためいき》をついた。

「うちの病院に来てください。呼吸器科で米国帰りの先生が週に一度、来ることになってるんです。その先生に一度診《み》てもらうのがいいと思います」

「おまえが呼んだのか？」

「養父に少し無理を言いました。化学物質での呼吸器損傷などを専門にしているそうです。いい治療法が見つかるかもしれません」

景虎は驚いていた。

だが素直に受け取る男でもない。自嘲《じちょう》ともあしらいともつかぬ笑いを漏らし、

「今度は人に恩を売って優位に立つつもりか。相変わらずさもしい男だ」

「あなたの体が駄目《だめ》になりそうだって時に、優位も何もないでしょう。それに私は医者の卵です。患者に勝ったって嬉《うれ》しくもなんともありません」

「医者と患者。それがおまえの考えついた〝新しい関係〟ってわけか。……やれやれ」

「医者には頭を低くしたほうが身のためですよ。患者を苦しめるも苦しめないも、医者の心ひとつですから」

「誰がこんなヤブ医者に」

「それとも私が庇護《ひご》してさしあげましょうか。保護者のように」

景虎はじっと睨みつけてきた。上背のある直江が横に並んで見つめ返すと、上から見下すような形になる。それが時に直江を不遜《ふそん》に見せる。

景虎は薄く笑っただけだった。

「無理をするな。その時は使用人のように扱ってやる」

(どこまでも口の減らないひとだな)

直江は内心舌打ちした。どうしても、その立ち位置だけは譲らないつもりなのだろう。慢心しているその口をどうにかしてふさいでやりたいと思ったが、成功したためしもない。

「今にわからせてあげますよ」

言い捨てて、直江は手許にあるメモと電柱に記《しる》された番地表示を照らし合わせた。

子供が井戸端で盥《たらい》を置いて洗濯をしているのを見つけ、道を訊ねた。

畑の道を歩きながら、直江が思いだしたように言った。

「……そういえば、昨日の電話で言っていた、例のバイオリン弾《ひ》きはどうなりましたか」

「ああ。どうやら最近、銀座《ぎんざ》や神田《かんだ》界隈で仕事をしている流しの演奏家らしいんだが」

バイオリンを弾くと、霊を呼び寄せ、活性化させるという、少し異様な男だった。害がないなら放置していても構わないところだが、悪い予感が働いたので、店が休みなのをいいことにしばらく監視することにした景虎だ。

「リクエストを受ければ、何でも弾いてしまうという、ちょっと天才肌の演奏家らしいんだが、誰もどういう人物なのか、詳しく知る者がいない。何件か、出入りしている飲み屋で聞き込みをしてみたが、本人は無口で多くを語らないそうだ。皆からはジョージと呼ばれてる」

「ジョージ……。進駐軍相手の演奏家にいそうな名前ですね」

「ただあれだけの霊的能力を持っているのを思うと、何か悪いものまで引き寄せそうで、目が離せない。少し考えて、晴家《はるいえ》と長秀《ながひで》に任せてみることにした」

「晴家と長秀に、ですか？」

「あのふたりなら、うまくやれそうだ」

畑の道の向こうから、オート三輪がやってきて、水たまりをはねた。泥水が派手に直江のズボンの裾を濡《ぬ》らした。「おい」と景虎が怒鳴ると、オート三輪が少し先で止まり、中から袈裟《けさ》姿の中年僧侶《そうりよ》が現れた。

「すまんすまん。濡らしてしまったかね」

「もしかして、観音寺《かんのんじ》のご住職ですか」

顔のいかつい中年僧侶は、目を瞬いた。

その人こそ、これから向かう寺の住職だったのだ。

＊

「ズボンは乾かしておくから、これでも履いててください」

観音寺の高橋和尚《たかはしおしよう》は、そう言って直江に作務衣《さむえ》を差し出した。

大学がある高台の、麓《ふもと》にある古刹《こさつ》だった。創建は四百年前だというから、ちょうど戦国時代あたりだ。

空襲を免《まぬが》れた本堂は、古色蒼然《こしよくそうぜん》としている。決して大きくはない寺だが、建て構えにも古刹の風格がある。今は郊外にも都市化の波が押し寄せているとはいえ、この辺りはまだ緑も多く、昔ながらの里山の風情《ふぜい》がいくらか残っている。

生活感の溢《あふ》れる庫裏《くり》で茶のもてなしを受けながら、景虎と直江は高橋和尚から話を聞くことができた。

「あの山には昔、向山城《むかいやまじょう》なる小さな番城《ばんじょう》があったそうでしてね。北条氏と上杉氏の戦の舞台となったと地元には言い伝えが残っていますよ」

上杉と言っても、景虎たちの「越後《えちご》上杉」ではない。

長尾《ながお》家が「上杉」を名乗りだしたのは、謙信《けんしん》が関東管領職《かんとうかんれいしき》に就《つ》いてからだが、それよりもずっと歴史は古い。今でこそ、越後上杉氏のほうが有名になりすぎてしまったが、元々は室町《むろまち》時代から続く関東の名家の名だった。関東管領職の「山内《やまのうち》上杉氏」と、相模守護職《さがみしゅごしき》を担《にな》ってきた「扇谷上杉」。北条がこの地で戦っていたのは、「扇谷上杉」のほうだった。

「向山砦……か」

景虎も聞き覚えがない。さほど大きな番城ではなかったようで、その合戦のあと、廃城《はいじょう》になってしまったという。景虎が生まれた頃にはすでになくなっていた。

歴史書に残るわけでもなく、地元にだけひっそりと伝え残されている。戦国の世にはそんな合戦がいくつも起きていた。名のある大名のする戦だけが合戦ではない。村同士が戦うことだってあったし、小さな戦は記録にさえ残らぬことも多かった。

「その城は、北条の城でしたか？　それとも上杉の？」

「北条に攻められて落城したというから、上杉方だと思うね。小さい砦のような城だったが、少数精鋭でなかなか落とせなかったらしい。〝向山の三猛将〟と呼ばれる一騎当千《いっきとうせん》の勇猛な武者がいて、あの手この手で寄せ手を近づけなかったそうだ」

景虎と直江は鋭く反応した。

「三猛将……。三人の武将がいたということですか」

「ああ。だが無念にも、最後は敵の誘降に乗った裏切り者に騙《だま》されて首を討《う》たれたのだとか。首は持ち去られ、この砦には胴体だけが残された。地元の者たちは、彼らを偲《しの》んで丁重に埋葬したのだが、それから怪現象が起こり始めた」

夜になると、落城した山城跡に、不気味な炎が三つ立つようになったのだ。

それからというもの、麓の村で、かまどや焚《た》き火《び》を扱うと、炎が暴れ出して人や物や家を焼くという奇妙な現象が起こり始めた。村人が困り果てているところへ、旅の歩き巫女が通りかかり、霊を口寄せすることになった。どうやら「三猛将の怨念」だという。

村人は、丹沢の修験者《しゅげんじゃ》に頼んで、この怨念を鎮《しず》めるべく、落城跡に結界を施《ほどこ》し、封印の法を行ったところ、ようやく怪現象は鎮まったのだとか。

「それ以来、あの向山は人が近づいてはいけない忌《い》み山《やま》になってしまってね。陸軍の施設ができるまでは、誰も手を入れない、荒れ山になっていたんだよ」

「そうだったんですか。では、やはりあの甲冑の遺体は……」

ん？　という顔を、高橋和尚がみせた。

景虎と直江は経緯を語った。

「本当かね……。先日の爆発事故でか。不発弾が爆発したとか」

「ええ。詳細は発掘調査でもしてみないとわからないのですが……」

高橋和尚も、言い伝えは知っていたものの、本当に埋葬されていたと聞いて驚いている。

「そうか……。まずいなあ」

「何がまずいんです」

「言い伝えには続きがあるんだ。封印をした丹沢の修験者は、その後、謎の錯乱《さくらん》死を遂《と》げてしまっていてな。死に際に奇妙な言葉を言い残したそうだ。『我ら三猛将が次に目覚める時は、北条の血を根絶《ねだ》やしにし、北条の城を全《すべ》て焼き落とす』……と」

景虎と直江は、思わず息を呑《の》んだ。

想像以上に不穏な言葉だった。

「まあ、あくまで言い伝えだから、本当にそんなことになるとは誰も思いやしないが、供養《くよう》の法要はしておいたほうがいいかもしれんなあ」

「……そう、ですね」

焼け石に水かもしれないが、と景虎と直江は内心思ったが、口にはしなかった。

「その三猛将ですが、名前などは伝わっていませんか。身元がわかる手がかりがあると、ありがたいのですが」

「ほう？　君たちは国史学科の学生かい？」

「ま、まあ、そんなところです」

「三猛将の名前か。過去帳に載っているのは戒名《かいみょう》だけだったかな……」

この寺では毎年、落城の日には法要を行うことになっている。過去帳なども当たってみたが、結局、俗名《ぞくみょう》のほうはすぐには判明しなかった。わかったら連絡する、と約束をかわし、景虎たちは寺を去ることにした。泥水で濡れた直江のズボンも帰る頃には乾いていた。

景虎たちはもう一度大学に戻り、現場を訪れることにした。霊査をしなおすためだ。

「やっぱり、霊の気配はないいな」

黄昏時《たそがれどき》とあって大学構内は、もう灯《あか》りが灯《とも》り始めている。工事現場は暗くなっており、懐中電灯も持たない状態では足場も心許ないので、爆発でできた穴の底に降りていくことは難しかった。

ふたりは周囲を霊査した。

そこで見つけたのは、結界する際の杭《くい》となる「金剛橛《こんごうけつ》」の石塔だ。

「……こいつだな。恐らく四つあったはずだ。そのうち、ふたつが吹っ飛んでる」

「この分だと、不発弾が爆発しなくても、いずれ工事で壊されてしまったでしょうね」

「厄介《やっかい》な世の中になったもんだ。開発が進んで、地元の伝承で守られてきた忌み地も、余所者《よそもの》に荒らされる。そんな話が増えていくんだろうな」

三猛将と呼ばれる甲冑武者は、高橋和尚の言い分によれば、怨霊化していたようだったが、今はもうここに霊体はいない。

「しかし『次に目覚める時は』……か。それが彼らのメッセージなんだとしたら、遺体が目覚める、のでなく、怨霊として目覚める、と捉《とら》えるのが正しいような気がするが」

「そうですね。それにしたって過激です。『北条の地を根絶やしにし、北条の城を全て焼き落とす』とは、相当な恨みの強さですね」

「小田原《おだわら》北条本家はとうに滅んで、無いが、傍流《ぼうりゅう》の子孫たちはたくさん生き残っているはずだ。彼らにまで害が及ぶとは思いたくないが……」

景虎にとっては、まさに血縁のある人々だ。

彼自身の子供は死んで血も絶えたが、兄弟の多かった北条一族には甥姪《おいめい》にあたる者たちはたくさんいる。換生後に彼らと出会う機会はついぞなかったが。

ふと直江がじっと自分を見つめているのに気づいて、景虎は「なんだ?」と問いかけた。

「……いえ。今まで忘れていましたが、ここはあなたの血筋の地元なんですね。あなたは北条の人間でしたね」

北条氏康の息子だ。生まれながらの貴種だった。

越相《えつそう》同盟の人質としてやってきて、謙信の養子になった。

北条一族の支配した領域は、謙信の長尾一族よりも遙《はる》かに広い。関東一円を掌握《しょうあく》し、その支配体制は盤石《ばんじゃく》だった。内乱が多く、領内の検地もままならなかった謙信とは、そもそも土台が違いすぎる。天才謙信は戦上手ではあったが、領国経営では、北条の安定感には敵《かな》わない。

いわば、北条王国だ。秀吉《ひでよし》に最後まで抵抗しただけはある。

たくさんいる息子たちを、要所要所の城に送り込んで、支配を固めた。

「あなたもその中のひとりだ。あなたが国主になっていたなら、越後は北条の属国になってたでしょうね」

「だから、御館《おたて》の乱は正しかった、か？　馬鹿《ばか》のひとつ覚えみたいに、蒸し返すのはやめろ。聞き飽きた」

景虎には「所詮《しょせん》、余所者」と言われないために、謙信や国人衆の信頼を得ようとして苦労を重ねた過去がある。

この地から「上杉」を追い出した「北条」の息子が、いま巡り巡って「上杉」を名乗っているのも奇妙な話だった。

「江戸を開いたのは徳川《とくがわ》ですが、東京はもともと、北条の領国という言い方もできますね」

「それがなんだと言うんだ」

「いえ、さっきから引っかかっているのですが、この爆発は本当に不発弾だったのでしょうか。誰かが三猛将の結界を吹き飛ばすために起こした爆発では……」

なに、と景虎が肩越しに振り返った。

「偶然じゃないと？　一体だれが」

「わかりません。わかりませんが」

直江は言葉を濁《にご》した。景虎にも引っかかるものがあるようだ。

「そもそもの問題は、学生たちが見た『死の船の夢』だったはずだ。向山城の三猛将が見せた夢だというなら、落城の時の……つまり戦国時代の夢を見るはずじゃないか」

「そうですね。夢に出てきたのは客船です。どう見ても現代か、少し前、という感触でした」

「そこがどうしても結びつかない」

もやもやするのは、そのせいだった。

景虎はハンチング帽をかぶり直して、直江を振り返った。

「そういえば、おまえも夢を見たって言ったな。どんな感じだった」

突然、話を向けられて、直江はドキリとした。

直江が見た夢は、自分ではなく景虎が「死の船」に呼ばれる夢だった。それに、

――おまえはオレを売るよ。

(あの予言……)

夢とは言え、本人の前で語るのは憚《はばか》られた。黙っていると、景虎が怪訝《けげん》そうに、

「どうした。何か三猛将の霊に関係ありそうなものは出てこなかったかと訊《き》いてるんだ」

「それは……ありませんでしたね。ええ、ありませんでした」

景虎は爆発穴のふちにしゃがみこんで、穴の底から強い気配を放ち続ける甲冑武者たちを凝視した。

「三猛将の怨念と『死の船の夢』……。このふたつの事象を結びつけるには、何かが足りてない。何かが。その『何か』があるとしたら、それは」

今のところは、夢を見るだけで、特別に害があったというわけではないが。

かといって、このまま放置しておくのも、どうか。

「ともかく三猛将の念が悪さをしないように、封印を施しておこう」

「消えた霊体のほうはどうするんです」

「探す。探して《調伏《ちょうぶく》》する。この近くに留まっているかもしれない。大学に出没する霊とや

らも、その時の戦霊《いくさ》だろう。だとすると、三猛将も大学の構内に潜《ひそ》んでいる可能性が」

ふたりが探し始めようとした、その時だ。

声をかけてきた者がいる。

「あ、やっぱりここだ！　加瀬さーん、笠原せんぱーい！」

暗くて顔もよくわからなかったが、声と背格好でわかった。坂口だった。

事故現場には規制線が張ってあったが、坂口はそれを乗り越えて駆け寄ってくる。わざわざ結界を張って、見る者の関心を寄せつけないように仕掛けを施しておいたにもかかわらず、坂口はふたりを見つけてしまったようだ。さすが龍女の家系だけある。坂口が夢を見ないのも、その手の影響を受けにくいからかもしれない。

坂口は血相を変えていた。

「大変なんです！　あれから大変なことが」

「なんだ。なにがあった」

「恐れていたことになりました。ついに出てしまいました」

「出た？　まさか死者が」

いえ、と坂口は、ずれた眼鏡を直しながら、興奮気味に言った。

「昏睡者です」

「なんだと?」

「授業の最中に居眠りしてしまった学生が、そのまま眠りっぱなしになってしまってるんです。いくら起こしても起きません。これはもしかして『死の船の夢』のせいでは」

景虎も直江も、サッと顔色を変えた。

すぐにその学生のもとへと向かうことにした。

*

昏睡してしまった学生は、大学からほど近い東都大の付属病院に搬送《はんそう》されていた。

佐野《さの》、という男子大学生だ。坂口と同じクラスで、さほど親しくはないが面識のある学生だった。今は病室のベッドで滾々《こんこん》と眠り続けている。

どんな刺激を与えても起きない。耳元で大きな音をあげても、体を揺すっても叩《たた》いても。

但《ただ》し、呼吸や脈拍・体温などは正常なのだ。原因がわからない。

「そういえば、ゆうべも例の夢を見たって言ってたよ」

佐野と親しい男子学生がそう証言した。

「ひと月前に亡くなった祖母が船に乗っていて、呼ばれるんだって言ってたっけ。まだ四十九日にもなっていないなら、気をつけたほうがいいぞ、なんて冗談で言ってたんです。まさか本当に目覚めなくなるなんて」

医者も手の施しようがなく、点滴をして目覚めるのを待つことしかできない。まもなく家族が駆けつけて、医者に食ってかかっていった。

「この子はこのまま死んでしまうんですか！　早く目覚めさせてくださいよ、先生！」

泣き崩れる家族を目の端で見て、景虎は直江と廊下《ろうか》に出た。

病棟の白い壁にもたれて、景虎は腕組みをして考え込んでしまっている。直江も不安そうに佐野の病室のほうを見やった。

「まずいですね。このまま本当に死に至るようなことになっては……」

「ああ。そうならないことを祈るのみだが」

「乗ってしまったんでしょうか。佐野くんは」

坂口が怯《おび》えたような声で言った。

「亡くなったおばあさんに呼ばれて『死の船』に乗ってしまったんでしょうか」

景虎と直江は、お互いの顔を見合った。

そういうこと、なのかもしれない。

直江が見た夢では、船に乗り込んだのは景虎だったが、直江自身は乗らなかった。だから目覚められたが、夢を見た本人が乗りこんでしまったら、そのまま眠りから目覚めることができなくなるのだろうか。

「そういえば、目覚められた学生たちの中に、船に乗ったという者はいませんでした」

「やはり……」

これは何かの呪《のろ》いなのだろうか。

夢で死者に呼ばれたら、ついていってはいけない。……とは民間伝承でたまに聞く。死に引きずられるから、ついていってはいけない。その類なのか。

「やはり、あの三猛将の怨念がらみなのか……？」

「笠原くん！」

病棟に若い女の声が響《ひび》いた。今度は吉岡恵美子だった。今までずっと探していたらしい。

「昏睡状態になってる学生が運ばれたって聞いて……。容態はどうなの？」

「まだなんとも言えない。今のところ、バイタルに異状はないようだけど」

「笠原くん、大変なの。実は、隣のクラスで今日休んでいた友達がいるんだけど」

え？　と直江は言葉を詰まらせた。恵美子も混乱を隠せないまま、声を震わせて、

「さっき家に連絡をしたら、目が覚めないんですって。ずっと眠りっぱなしで、目覚めないらしいの」

「なんだって。それは本当かい」

　ふたりめだ、と景虎と直江は顔を見合わせた。とうとう、ふたり目の昏睡者が出てしまった。

「その人、最近身内で亡くなった方がいたかい」

「ええ。お父様が亡くなって、ついこの間、お墓に納骨したって言ってたわ」

　どうやら身近に最近死亡した者がいる場合ほど、目覚めなくなる危険が大きいようだ。確かに身内との死別は、大きな悲しみを生む。精神的にもダメージが大きいものだし、淋《さび》しさや喪《そう》失感《しっかん》からなかなか抜け出せなくなるものだ。

　そんな時に死別した相手から呼ばれてしまったら、ついていってしまう者もいるだろう。

「じゃあ、このまま死んでしまうの？　そんなの嫌よ。花山さんが亡くなったばかりなのに！」

　直江はハッとした。そうだ。前回の事件で命を落とした花山由利子《はなやまゆりこ》は恵美子の友達だ。先日やっと四十九日を迎えたばかりのはずだ。直江は思わず恵美子の肩を掴み、

「吉岡さん、君は大丈夫だよね。呼ばれても絶対に船に乗っちゃ駄目だ」

「え……え……？　なんのこと？」

「『死の船の夢』だ。君も見たって言ってたじゃないか。花山さんに呼ばれたって。万一、またあの夢を見ても、絶対に乗っちゃ駄目だ。いいね！」

わかったわ、と恵美子はわけもわからず、うなずいた。その他にもまだ危険に晒《さら》されている学生や教職員がいるかもしれない。直江は景虎を振り返った。

「――加瀬さん……」

ハンチング帽を目深《まぶか》にかぶった景虎は、顎に手をかけて、じっと考え込んでいる。

これがあの三猛将とどう繋がっているのかは、わからない。だが全く無関係とも思えない。

ともかく探さなければならない。この現象のおおもとを。

夢を見なくなる方法と、夢から覚める方法を。

第三章　死の練習曲《エチュード》

「ほう。流しのバイオリン弾《ひ》きとは珍しいな」

レガーロのオーナー・執行健作《しぎようけんさく》はその男の話を聞いて、興味深そうに身を乗り出してきた。

マリーは「そうなんです」と訴えた。開店前のリハーサル中のことだった。まだ衣装は着ておらず、私服の白ブラウスと淡い水色のフレアスカート姿だ。

「なかなかの腕前なんです。演歌からクラシックまで、レパートリーが豊富で、ちょっとうちでセッションしてみたら面白《おもしろ》いんじゃないかしら？」

「ジャズとバイオリンか……。確かに面白い取り合わせではあるが」

「今度連れてきますから、一度聴いてみてくれませんか？　社長」

看板歌姫のたっての頼みを無下《むげ》にはできなかったのだろう。執行は許可を出した。

「いいよ。つれてきてみな。試しにうちのバンドとやらせてみよう」

マリーは内心「よし」と拳《こぶし》を固めた。景虎《かげとら》の指示で「例のバイオリン弾き」の件を引き受けることになった晴家《はるいえ》だ。とはいえ、まだどんな男なのかは彼女も知らない。連絡がないのでやきもきしている。

「……長秀《ながひで》ったら、ちゃんと見張ってるのかしら。どっかで珈琲《コーヒー》でも飲んでさぼってるんじゃないでしょうね」

「マリーさん、マリーさん！」

そこへ、もうひとりの歌姫・南方遥香《みなかたはるか》が出勤してきた。手には新聞を持っている。息を弾《はず》ませ、興奮しきりだ。

「美奈子《みなこ》さんが！　美奈子さんがやりましたよ！」

新聞の文化面を開いて見せる。執行たちも寄ってきて、記事を覗《のぞ》き込んだ。

「ほら、見て。高田巌《たかだいわお》記念ピアノ・コンクールで銅賞ですって！」

「すごいじゃない！」

記事には、先週末行われたピアノ・コンクールの結果が載っている。高田巌とはかつて海外でも活躍した日本人ピアニストの草分けで、その名を冠したコンクールは若手登竜門《とうりゅうもん》と呼ばれ、国内有数の権威ある賞だ。銅賞に北里《きたざと》美奈子の名があった。

「大したもんだ。いずれ頭角《とうかく》を現す子だと思ったよ。俺の耳にくるいはなかった」

「社長がスカウトしたわけじゃないでしょ」

「〝うち〟のピアニストには変わりないじゃないか」

一番喜んでいるのは、バンドマスターでジャズ・ピアニストのスーさんだった。実はコンクールも密《ひそ》かに見に行っていたという。

「素晴らしかったよ。ジャズに触れて、大胆《だいたん》な表現ができるようになったんだろうね。最初うちで弾いた時は、いかにもクラシック畑で真面目《まじめ》に言いつけどおり弾いてきた感じだったが、どんどん自分を解放していくような弾き方になったな。あれがよかったんだ」

ピアノ教師からは嫌がられるが、結果的に、彼女にはいい影響を与えていたのだろう。

「スーさんの言うとおりだ。きっかけをくれた早枝子《さえこ》にゃ菓子折りでも送っておくか」

「ねえ、社長。今度、美奈子さん呼んでお祝いしましょうよ。ねっ」

祝賀会を開くと盛り上がっていると、事務所にマリーあての電話がかかってきた。

電話の相手は、安田《やすだ》長秀だった。

「よう。そっちの首尾《しゅび》はどうだ」

長秀は景虎の指示で、例の「流しのバイオリン弾き」に張り付いている。その報告だった。

ジョージと名乗るバイオリン弾きは定住先を持たず、出稼ぎ労働者用の安宿を点々として暮らしているという。長秀は宿の様子を見張りながら、向かいの煙草《たばこ》屋に寄り、公衆電話をかけてきたところだ。

「大体、生活パターンは摑《つか》めたな。昼間は宿にこもって夕方出てくる」

無口で陰気な男だ。肩まで伸びた髪はぼさぼさで、顔を覆《おお》い隠しているので、いっそう暗さを引き立てる。みすぼらしい姿に「バイオリニスト」の上品さはない。

だが、奏《かな》でるバイオリンだけは華麗《かれい》で雄弁なのだ。

「……まあ、今のとこは楽器を弾けば周りの霊が賑《にぎ》やかになるってだけで、害になるほどではないぜ。もう帰っていいか？　ったく景虎のやつ、ひとに押しつけやがって。こっちだって仕事があんだよ。フリーだからって、いつでも暇ってわけじゃねえんだからな」

『わかってるわよ。だからレガーロで引き受けようって言ってるんでしょ』

マリーが執行へ出演の根回しをしたのも、実はそのためだった。バイオリン弾きの行動を、彼らの目の届くところに置いておくためだ。

『とにかく、今夜こそ声をかけて連れてきて。私が霊査するから』

「わかったよ。……おっと、ご本人のお出ましだ」

安宿からバイオリン弾きが出てきた。楽器ケースを肩に背負い、猫背気味に夕闇《ゆうやみ》迫る街へと出ていく。長秀はあとを尾《つ》けた。

バーや立ち飲み屋が並ぶ銀座界隈《ぎんざかいわい》では、流しのギター弾きというのは珍しくない。だが、大抵ナワバリのようなものがある。そのバイオリン弾きはガード下を中心に巡っているようだ。

チラシが無節操に張られた、鉄骨剝《む》き出しのガード下。

淋《さび》しい街灯に照らされて、おんぼろ屋台が並んでいる。

安酒を飲む酔っぱらい相手に、彼が弾くのは、歌謡曲の伴奏《ばんそう》だ。時には炭鉱節《たんこうぶし》や安来節《やすきぶし》まで
も奏でている。客に言われるまま、安い仕事をしているものだ。音楽に詳しくない長秀にだって、その男の腕前がそんじょそこらの「流し」レベルでないことはわかる。

それでも物珍しさもあってか。そこそこ常連客がついているようだ。一度弾き始めると、次から次へと客に呼ばれる。その逆もある。初見の客に風体《ふうてい》の怪しさを警戒されてしまうと、全《まつた》く声がかからなくなったりもする。

「なるほどな……」

長秀は気づいてしまった。

霊を活性化させる原因は、楽器にあるようだ。

(ありゃ、付喪神《つくもがみ》付きだ)

楽器に、何かの強い念が宿り、妖異《ようい》と化したものに間違いなかった。その音が周囲の霊的なものに刺激を与えるのだろう。霊を活性化させるのも付喪神の力だ。

(さて、どうしたもんかね)

今のところ放置していても害はない。それではまずいなら、取り上げて、付喪神の元となっている念を祓《はら》い浄《きよ》めてしまうのが、てっとりばやいのだが。

「おい、なんだ、その音は。キイキイ、キイキイ耳障《みみざわ》りで仕方ねえや。もういいから、あっちいきな」

バイオリンの音が気に入られないと、客から酒をかけられた。弦楽器の演奏が耳慣れない客からは、たまにこんな扱いを受ける。だが、彼は言い返さない。ただ、バイオリンが濡《ぬ》れるのだけはいけない、と驚くほど素早く、楽器を守った。

そして、また背を丸めて、すごすごと去っていく。長秀は溜息《ためいき》をついて、あとを尾けた。

今夜はどうやら受難の日らしい。物淋しい街灯の下、次に現れたのは、ヤクザ者たちだ。

「おい。てめえ、誰の許可をとってここで商売してやがる」

柄《がら》の悪い男たちが四人、暗がりから現れてバイオリン弾きを取り囲んだ。か細い声で「許可はとってますよ」と言ったが、ヤクザ者たちは「あ?」と耳に手をあてて「きこえねーな」と一蹴《いっしゅう》した。

「いいから稼ぎ全部、渡していけや。おら」

と肩をどつく。痩《や》せたバイオリン弾きはそれだけで肩の骨が折れるのではないか、と長秀もいらぬ心配をしたほどだ。「勘弁してください」とバイオリン弾きは頭を下げる。ヤクザ者たちは調子に乗って金を巻き上げようとする。これではただのカツアゲだ。

長秀はとうとう黙っていられなくなった。

「おい、兄さんたちよ。勘弁してやれよ」

後ろから声をかけると、ヤクザ者たちが振り返った。

「ああん？　なんだ、このヤサ男。かっこつけてっと、痛い目見るぞコラア」

殴りかかってきた。長秀は軽やかなフットワークでかわすと、人目を憚《はばか》ることなく、念で男の体を吹っ飛ばした。まともにくらった屈強《くっきょう》な体は大きな弧《こ》を描いて、ゆうに五、六メートルは吹っ飛ばされ、路上に転がった。

他の者たちは目を疑った。「てめ何しやがった！」と怒鳴って、まとめて襲《おそ》いかかってくる。長秀は面倒くさそうに舌打ちすると、ひとりに脚払《あしばら》いをかけ、もうひとりにはアッパーをくらわし、残りのふたりはあっさり念で吹っ飛ばした。

「お、おぼえてやがれ！」

「おぼえねーよ。ばーか」

あたふた逃げ去っていく男たちに向け、長秀は足許に転がっていたビール瓶《びん》を蹴飛《けと》ばした。

やっと静かになったところで、長秀はバイオリン弾きを振り返った。

「怪我《けが》はねえか」

「はあ……」

「おい。助けてやったんだ。礼ぐらい言えよ」

「あなた、こないだから私をつけてた人でしょ」

長秀はどきりとした。バレていたとは思わなかった。

「何の用ですか。あなたもこのバイオリンを売らせたいんですか」

おや？　と思った。売る、とはどういうことだ？

「あなたもってことは、他にも、いたのか。そのバイオリンを買いたいやつが」

「あいにくですが、これだけは商売道具ですから売れませんよ」

「どんなやつだった？　そいつは」

長秀には察しがついた。バイオリンを買いたいのは楽器商なんかじゃない。付喪神楽器だと知っているからに違いない。

「墨枝《すみえだ》とかいう、薄気味の悪い男です。知ってるんですか」

聞き覚えのない名だ。すると、バイオリン弾きは名刺を差し出した。男からもらったという。

「興味がないから捨てようと思っていたんですけど」

「〝蘇州《そしゅう》産業の墨枝憲次《けんじ》〟……」

長秀の目つきが鋭くなった。……蘇州産業。

「子供の頃、叔父《おじ》からもらったバイオリンです。ちっとも名器なんかじゃありませんよ。中古楽器が欲しいなら他を当たってくださいよ。では……」

「ちょっと待った。俺は楽器に興味があるんじゃない。あんたの腕に興味があるんだ」

すると、バイオリン弾きが「え?」と振り返った。

長秀はポケットからレガーロのマッチをとりだした。

「俺はスカウトマンさ。新橋《しんばし》のちょっといかしたナイトクラブで一曲弾いてみないか」

*

ジョージと呼ばれるそのバイオリン弾きが、レガーロでの演奏に食指を動かしてくれたのは、長秀にはありがたかった。こうなれば話は早い。

赤煉瓦《あかれんが》高架橋の下にある人気のナイトクラブ。今宵《こよい》も洒落《しゃれ》たジャズを求めてやってくる都会の客で満席だ。華《はな》やかな照明に金管楽器が輝いている。長秀たちがやってきたのは、ちょうどマリーのステージが始まった頃だった。

赤いサテンドレスに身を包んだマリーは、今夜も一段と美しい。しっとりとしたバラードで、客を酔わせる。ムーディーなバンド演奏もたまらなく大人の雰囲気だ。

赤提灯《あかちょうちん》の屋台とは真逆の世界だ。ジョージはお洒落な雰囲気に呑《の》まれて、ぽかん、と立ち尽くしている。長秀の姿を見かけて、執行社長がやってきた。

「宮路《みやじ》さん、いらっしゃい。そちらはお友達?」

「ああ、例のバイオリニストですよ。マリーが言ってた、流しの」

マリー? とジョージが問いかけた。「あそこで歌ってる歌手だよ」と長秀が促《うなが》した。

歌姫マリーは緩《ゆる》く体を揺らしながら、甘い恋の歌を歌い上げている。ジョージは立ち尽くしていた。歌声に聞き惚《ほ》れているのかと思いきや、そうではなかった。茫然《ぼうぜん》と呟《つぶや》いた。

「……貴子《たかこ》……。貴子じゃないか」

「え?」

言うやいなや、ジョージはステージへと駆け寄っていく。歌はちょうど間奏に入っていた。余韻《よいん》に浸《ひた》るマリーはギョッとした。みすぼらしい風体の男が突然ステージにあがってきて、彼女の肩を摑んだからだ。

「貴子、こんなところにおったんだべか! 貴子!」

「え……ちょっとなんなの、あなた!」

「貴子! なんで今まで連絡よこさなかった。探してたんだぞ、貴子おおお!」

マリーは混乱して「なんなの、知らないわよ」と叫んだ。ジョージは放さず「俺だ。俺を忘れたのか、貴子」としつこく、揉《も》み合いになった。長秀と執行も呆気《あつけ》にとられた——が、すぐに我に返り「おい、あいつを止めろ」と執行が怒鳴る。マイクスタンドが倒れ、ステージから引きずりおろされかけているマリーは金切り声をあげて抵抗する。そこに用心棒の岩佐《いわさ》が飛んできて、一発、乱入男の顔面を殴りつけた。

吹っ飛ばされたジョージが客のテーブルに転がった。グラスが倒れて客の服を濡らし、客は悲鳴をあげて跳び上がった。しかしジョージは諦《あきら》めない。執拗《しつよう》にマリーを追いかけ回す。ボーイたちが数人がかりで捕まえた。それでもまだ追いかけようとする。執行が長秀に向かい、

「おい、なんてやつつれてきたんだ！」

「いや。こんなはずじゃ……」

バイオリン弾きは捕獲されて、事務所へと連れて行かれてしまった。

＊

「とんだ人違いだったとは……。すいません、本当にすいません！」

椅子《いす》に座ったジョージは小さくなって、何遍《べん》も頭を下げた。

事務所には執行とマリー、そして長秀もいる。マリーはステージを台無しにされて、機嫌が

悪い。執行も社長席に腰掛けて、呆《あき》れ顔だ。

「まったく。この店は騒ぎが起きすぎだ。……で？　その貴子さんていうのは？」

「幼なじみです。満州《まんしゅう》にいた頃の」

ジョージの本名は、真中丈司《まなかじょうじ》。出身は山形県の天童《てんどう》だという。

生まれは満州だった。家族は満蒙《まんもう》開拓団として大陸に渡っていた。年の近い幼なじみがいた。

それが「伊藤貴子《いとうたかこ》」。顔立ちが似ていたマリーを見て彼女と勘違いしたという。

「貴子とは……一緒の引き揚げ船で帰ってきたんです」

山形なまりでポツポツと話す。話してみれば、木訥《ぼくとつ》として、どことなく憎めない感じがした。

「引き揚げの途中で、ソ連兵に襲われて、家族はばらばらに。俺と貴子はふたりきりで、どうにか逃れて、知らない大人たちについて、どうにかこうにか引き揚げ船に乗れたんです」

家族の安否《あんぴ》はいまだにわからない。恐らく現地で命を落としたのだろう。満蒙からの引き揚げは、決死の逃避行だった。

親も兄弟も失って、十かそこらの子供がふたりきりで、手と手をとりあって、帰ってきたのだ。それを聞いて、マリーも同情せずにはいられなかったのだろう。

「そうだったの……。ごめんなさいね。ぬか喜びさせて」

「いえ。いいんです。貴子は遠方の親戚《しんせき》に引き取られたんですが、いろいろつらい目にあったようで、十五になると同時に集団就職で東京に来たと聞いてたものですから」

かくいう丈司も苦労を重ね、北海道の炭鉱で働いていたというが、石炭《せきたん》不況で人員削減の憂《う》き目《め》に遭い、職を求めて東京に出てきたのはいいが、都会の暮らしに馴染《なじ》めず、唯一の取り柄というべきバイオリンの演奏で、流し稼業を始めたという。

「そのバイオリンはどうしたの？　ずいぶん古いもののようだけど」

「これは音楽家だった叔父から譲り受けたものです。自慢の叔父で、楽団を率いて中国のあちこちをまわっていました。これは幼い頃、練習用に、と俺にくれたもの」

叔父のお下がりを、丈司は大事に使ってきた。バイオリンの基礎は叔父から教わった。あとは独学だ。気がつけば、子供ながらにいっぱしの演奏家になっていた。

引き揚げの逃避行の時も、荷物は全部失ったが、そのバイオリンだけは手放さなかった。それだけが家族の形見だった。港で取り上げられかけた時も、殴られても死守した。

長秀はマリーと顔を見合わせた。彼女にも、それが付喪神化していることは見えていた。

だが、いつからそうなったのか。

「流しのバイオリン弾きだそうだが、あとで聴かせてもらってもいいか。マリーがおすすめだっていうんだ」

え？　と丈司はマリーを見た。マリーは慌《あわ》てて、

「え……ええ。前にチラッと見かけたことがあって。ね？　宮路さん」

「そ……そう。それでつれてきたんですよ。な？　マリー」

わかったわかった、と執行も立ち上がった。

「ま、ちょっとためしにやってみよう」

店を閉めたあと、スーさんとナッツに残ってもらい、丈司とセッションをすることになった。

丈司は自分が知っている曲なら、なんでもいい、と言う。ただ、人と一緒に演奏したことがないから緊張して目が泳いでいる。

知っている曲はもちろん、一度聴いただけでも大概《たいがい》の曲はすぐにコピーできるという。

執行が「こりゃ面白い」と興味を示した。

「なら、プレスリーの〝監獄《かんごく》ロック〟なんかどうだ？」

「いいっすね」

とナッツが機嫌よくスティックを鳴らした。半音ずつあがる印象的なイントロの、軽快なロックだ。それを丈司はバイオリンをかき鳴らし、見事なノリで演奏しだしたではないか。

これには執行も瞠目《どうもく》した。木訥で陰気な普段からの印象とは、まるで違う。弾き始めると、驚くほどアグレッシブだ。演奏スタイルは独学というだけあり、体全体で弾いているようだ。破天荒《はてんこう》だが不格好ではなく、様《さま》になっていて迫力もある。それがロックのノリにもはまった。

「ほほう。こりゃステージ向きだな」

だが、マリーは別のものを見ていた。店にそもそも地縛霊《じばくれい》などはいないが、多少の雑多な念が生み出す「モノ」はいる。それは何も特別なものではなく、どこにでも当たり前にあるものなのだが。

丈司が弾き始めると、それら微少な「モノ」たちが膨らし粉でも得たように大きくなって、動き方も激しくなる。演奏に合わせて精霊がロックを踊っているとでもいうようだ。

演奏は盛り上がった。ノッてくると丈司のバイオリンは忘我《ぼうが》状態で暴れまくる。ナッツも負けじと対抗して、しまいには喧嘩《けんか》みたいになってきたが、若いウェイターたちにはそれがウケた。

「くそう。もう一曲！」

とナッツもムキになる始末だ。スーさんは肩を竦《すく》め、執行も苦笑いしている。

そのあと、数曲セッションして「オーディション」は終了した。

＊

結局、レガーロで雇うかどうかはその場では決まらなかった。バンドに入れるには演奏スタイルの個性が立ちすぎていて難しいようだ。ただ「企画もの」では使えそうなので「ゲストとして出演の機会を設ける」という方向で、検討するという。

「私は素敵だと思ったわ」

マリーが言った。そのあと、長秀行きつけのバーに丈司を連れてきたところだ。

落ち着いたステンドグラスの窓が洒落た、オーセンティックバーだった。よく磨き上げられた飴《あめ》色の柱に味わいがある。ガラス製の電傘《でんがさ》に灯《とも》る光が優しい。

「あなたには……なんていうか、華《はな》があるのよ。ソロで輝くタイプよ」

バンドは無理と言われて落ち込む丈司をマリーが慰めていた。

東京モノになまりを笑われて恥ずかしくて無口になったこと、容姿にも自信がないこと。だがマリーは明るく慰めた。気にすることないわ、あなたには素晴らしい才能があるんだもの。枠に収まらない才能って素敵じゃない。

すると、丈司はほんのり頬《ほお》を染めて、照れくさそうに言った。

「マリーさんと話してると、貴子に励まされてるみたいだ。あんたみたいなべっぴんさんじゃなかったけど」

「貴子さんは東京にいるのよね。連絡先がわかる方法はないの？」

「いんや。でも、こうやって街の中でバイオリン弾いてたら、いつか通りかかった貴子が気づいてくれるんじゃないかって思うんです」

貴子は幼い頃から丈司のバイオリンを聴いていた。だから、きっとわかる。遠くにいても音《ね》色《いろ》でわかる、と丈司は信じているのだ。

「そう。その気持ち、わかるわ……。私もね、探したいひとがいるの」

「探したい人？　家族ですか。お友達ですか」

「恋人だったのよ」

水割りのグラスを手で包んで、マリーはギヤマンの電傘を見上げた。遠い目をして、

「……もうずいぶん昔に離ればなれになった人だけど。恋の歌を歌う時は、いつもそのひとのことを想って歌うわ。そうすれば、いつか私の歌がそのひとに届くような気がして」

しんみりと呟いたマリーを、丈司は吸い込まれるように見つめている。テーブルでのふたりのやりとりを、長秀は少し離れたカウンター席から聞いている。彼女が待つ恋人——二百年待っている恋人の名は曽《そ》根《ね》慎《しん》太《た》郎《ろう》。京都で町医者をやっていた。

「あなたのなまり、なつかしいわ。あの人も東北の出身だったの」

「そう、ですか……」

打ち解けあうふたりを眺めて、長秀は水割りを一口飲んだ。

マリーはバイオリンケースを見て言った。

「……あなたのバイオリン、素敵ね。お下がりにはとても見えないけど」

「手入れだけはちゃんとしてるんで。たったひとつの財産だし、形見だから」

「叔父様はご健在なの？」

「楽団を率いて大陸のあちこちを回っていたそうですから、生きていれば、日本に戻っているはずなんですが……。真中幸之助《こうのすけ》というんです。ご存じですか？」

マリーと長秀は顔を見合わせた。

「……ごめんなさい。クラシックのほうは詳しくなくて」

「作曲家でもあったんです。すごく才能がある人で。将来は映画音楽をやりたいと言ってました。アメリカにも留学経験があるんですよ」

譜面の読み方を教えてくれたのも叔父だった。憧《あこが》れの人だという。

「そうだ。叔父は不思議な曲を書いたことがあるんです」

「不思議な曲？」

「ええ。バイオリンのためのエチュードなんですけど、……あれは、正月に叔父が久しぶりに我が家を訪ねてきてくれた時のことでした。俺に譜面を渡したんです。自分が作曲した手書きの譜面を。タイトルは――」

丈司は神妙な顔になって、テーブルに身を乗り出した。

「『death』」

「〝死《death》〟……？」

「はい。叔父を見送りにいった駅でのことでした。別れ際に俺に譜面を渡したんです。預かっていてくれ、と言ったあとに、奇妙なことを伝えてきました。『この曲は絶対に弾いてはいけない。弾くと死ぬぞ』と」

なんなの、それ？　とマリーも気味悪そうな顔をした。

「絶対に弾いちゃいけない曲の譜面？　死ぬってどういうこと？」

「わかりません。叔父の言いつけが怖かったんで、弾くことはありませんでしたが、その頃にはもう俺も難しい譜面が読めたんで、心の中でだけ弾いてました。これがとても美しい曲なんです。本当は今すぐにでもみんなに弾いて聞かせたいくらいなんですけど。死にたくもないから、弾きませんが……」

「そいつぁ変な話だな」

ようやく長秀が会話に加わってきた。

「弾くと死ぬっていう根拠がよくわからない。なんでそんな曲を？　書いたら、たまたまそういう曲になったのか？　しかもおまえに譜面を預かってろなんて」

「その譜面はどこにあるの？」

「残念ながら、もうありません。満州からの引き揚げの時、ソ連兵に家を燃やされてしまったので、たぶん焼けたんだと思いますが」

「でも、あなたの頭の中にはあるのよね？　完成した曲として」

「はい。頭の中ではいつでも思い出せます。とても美しい曲ですから。もう当たり前に頭の中では弾いてる。こんなに素晴らしい曲なのに誰にも聞かせられないのが心底悔しくて」

丈司は傍《かたわ》らに置かれたバイオリンケースを見つめて、しみじみと言った。

「いつか、もう何もかも満ち足りて、今なら死んでもいいと思えるようになったら、この曲をみんなの前で思い切り弾きたいなあ……」

「だめよ。死んでもいいなんて思っちゃ」

「でもね、その時は全身全霊で弾きたいんですよ。世界中に響《ひび》かせたいんですよ。あの曲を。それさえできたら、死んだっていいんだ……」

ぼんやりと呟く。その頭の中では例の曲を奏でているのだろう。左の指先が弦を押さえるように細かく動いている。

「そう。不思議な話もあるものね……」

そんな話をしている間も、マリーの神経は付喪神バイオリンに注《そそ》がれている。霊査をしている。付喪神化させている念の正体を探っている。

長秀と目があった。マリーはうなずいた。

丈司はあまり酒には強くなかったらしい。カクテル一杯で酔っぱらってしまった丈司の肩を、長秀が担《かつ》いで、外に出た。

「おい、しっかりしろって。だらしねえなあ」

へべれけ状態になっても、バイオリンだけは離さない。転ぶと危ないので、マリーが代わりに持とうとしたが、丈司は拒《こば》んだ。

「もう。だだっ子みたい」

「わかるぜ。男にとっちゃ仕事道具は命と同じくらい大事なもんだからな」

道具にこだわりのある者同士、長秀は深い共感を示している。で？　と言い、

「どうなんだ。わかったのか。付喪神の正体は」

「うん……。そのことなんだけど」

丈司自身は自分の演奏で霊が活性化することなど、気づいていない。というより霊感がない。

本人はこのバイオリンの音色が何を引き起こしているのか、全く知らないというわけだ。

「無自覚のハーメルンかよ。面倒くせえなあ」

「ああ……マリーさあん……いっきょく、ひかせてくらさい……まりーさんのためにボカァひ

きたいなあ……」

こんな状態で弾いたら幽霊たちが一斉に監獄ロックになってしまうのは目に見えている。

タクシーを拾おうとして、大きな通りに出ようとした、その時だった。

黒い車が三台、後ろからすーっと追い越してきて、三人を取り囲むように止まった。不穏《ふおん》な気配に、長秀とマリーは真顔になった。長秀が「こいつを頼む」と言って丈司をおろし、マリーも「ええ」と言って守りの態勢に入った。車から降りてきたのは、背広姿の男たちだ。

「真中丈司さんはそちらですね。ちょっとお話があるので車にご同乗願えますか」

「やっとおでましかい。待ってたんだぜ。蘇州産業の墨枝さんてのはあんたかい」

長秀が言うと、男たちは一瞬沈黙した。やがて貫禄《かんろく》のある中年男が奥の車から現れた。

「……どなたか存じませんが、そこの御仁《ごじん》は当社に借金がありましてね。踏み倒しが悪質なんで、そろそろ支払ってもらわないといかんのですよ」

「この古ぼけたお下がりバイオリンでかい？　実はストラディヴァリでした、なんて言いだすのは反則だぜ」

「問答したいのはあなたじゃありません。さあ、そこをどいてもらいましょう」

詰め寄る男たちに、長秀と晴家が立ちはだかった。

「おたくら、いつから闇の貸金業なんて始めてたんです？」

蘇州産業というのは、阿津田《あつだ》商事の子会社だ。阿津田商事は、織田《おだ》の「表」の顔でもある。蘇州産業とは、旧陸軍の元軍人らが秘密工作のために結成した「高田《たかだ》機関」の、現在の姿だ。もともとは非合法な商売をするためのフロント会社だった。

「そういうあなたがたは何者なんです」

「あんたらの親会社の連中なら、よーく知ってるだろうさ」

やれ、と墨枝が指示すると、男たちが近づいてきて、無理矢理、丈司を連れていこうとする。長秀と晴家はただちに邪魔《じゃま》に入った。男たちと揉み合いになり、とうとう乱闘になった。そうこうする間に、丈司は後ろから捕らえられ、ずるずると引きずられていく。

「なんなんですか、やめてください！」

「丈司さん！　ちょっとやめなさい！」

「おい、丈司を放せ！　……う！」

長秀が殴られ、地面に転がった。助けようとしたマリーも足蹴にされた。「マリーさんに何すっだべ！」と丈司が喰ってかかったが、腹にパンチをくらい、二人がかりで連れ去られていってしまう。

「野郎……っ」

長秀はたまらず《力《りょく》》を使った。男たちがビリヤード玉のように跳ね飛ばされた。立て続けに念を振るう。容赦ない念が、多勢に無勢をひっくり返すかに見えた、そのときだ。

突然、念が散らされてギョッとした。男たちの中に《護身波《ごしんは》》使いが混じっている。憑依霊《ひょういれい》か！　と思った瞬間、まともに念をくらってもんどりうった。

「長秀！　……きゃ！」

晴家もくらった。立て続けに念を撃ち込まれる。咄嗟《とっさ》に《護身波》で防いで、念の出所を探した。

「いた……！　そこにいる赤シャツの男！」

憑依霊だ。が、扱う念の量が半端じゃない。ふたりがかりで攻撃をしかけるが、マシンガンのような念で反撃をくらって《護身波》で防ぐのがやっとだ。……強い！

「くそ、外縛《げばく》どころじゃねえな……っ。憑坐《よりまし》からひっぺがせ！」

「そうしたいのは山々なんだけど！」

墨枝の隣に立つ男だ。長い髪を後ろで軽く束《たば》ねて、薄笑いすら浮かべながら、間断なく念を浴びせてくる。そんじょそこらの使い手ではない。しかも正確にふたりに的を絞って撃ち込んでくる。まるで念のスナイパーだ。

「なめんなあああ！」

雄叫《おたけ》びをあげた長秀がついに念を押し返し、渾身《こんしん》の一撃を浴びせた。が、赤シャツの男はグッと脚を踏ん張ったかと思うと、こちらも《護身波》で跳ね返したのだ。バリバリバリと衝撃波が起こって、爆風めいた風が辺りに襲いかかる。車のライトが割れ、街灯の電球が弾《はじ》け飛んだ。

「くそったれ！」

長秀が叫び、晴家も再度、身一杯に念を蓄え、同時に赤シャツの男も念を生んだ。三者同時に放った。その中間で《力》と《力》が正面衝突し、ドオン、という爆発音があがった。窓ガラスが割れ、居合わせた者たちはたまらず身を伏《ふ》せた。相打ちだ。長秀も晴家も、吹っ飛ばされて倒れ込んだ。赤シャツと墨枝も、車のドアにぶちあたり、崩れ落ちた。

「……くっ……そー……」

助けて！　と悲鳴があがった。丈司だった。背後の車の後部座席に引きずり込まれていた。

「丈司！」

「放してくれ、やめてくれ、はなせ！　宮路さん、これを！」

車に押し込まれる寸前、丈司がバイオリンケースごと長秀めがけて放り投げた。長秀はラグビーのパスよろしくケースを受け止めた。

「出せ！」

丈司を乗せた車は、走り去ってしまう。途端にバイオリンケースを取り返そうと、男たちが飛びかかってくる。晴家はまだ動けない。赤シャツがまた念を蓄える。長秀は楽器を守るため、走ろうとしたが、足に激痛が走って倒れ込んだ。吹っ飛ばされた拍子に痛めたらしい。

（やべえ……っ）

今度は強い引力を感じた。赤シャツの念動力だ。念でバイオリンケースを引き寄せようとしている。長秀は堪《こら》えた。しかし抱え込む力より、相手の念動力のほうが強い。

（化け物か）

手を放しそうになった、その時。

ドオン、という衝撃音が再びあがった。

念動力を断ち切られ、赤シャツが路上に転がった。両者の間に飛び込んできた男がいる。

長身の背広姿――色部《いろべ》勝長《かつなが》だった。

「無事か、長秀！　晴家！」

言うや否や、相手に念を立て続けにぶちかます。車体がボコボコと音をたててへこんだ。分が悪いと踏んだのだろう。墨枝が「もういい、ひけ！」と怒鳴った。男たちは次々と車に乗り込んでいき、急発進していく。あとには塵埃《じんあい》が舞い上がるだけだった。

「大丈夫か」

「ありがとう。色部さん。よくここがわかりましたね」

「レガーロのウェイターから三人で出ていったって聞いたから、たぶん、長秀の行きつけだろうって。しかし、ずいぶんやられたもんだな」

勝長がふたりを介抱する。晴家は脇腹を押さえて、顔を歪《ゆが》ませている。肋骨《ろっこつ》を痛めたようだった。

「なんなの……今の男」

「二丁拳銃《けんじゅう》ならぬ二台マシンガンだな……。ただもんじゃねえ」

夜叉衆《やしゃしゅう》ナンバー2の長秀と晴家をこうも圧倒し、打ち負かすとは、ただの憑依霊とも思えない。勝長も路上に残った陥没痕《かんぼっこん》を見て、その念の量に息を呑んだ。

「阿津田商事の子会社は、どうやら、とんでもねえ用心棒抱えてやがるぜ」

「織田の霊か」

「霊齢《れいれい》が高かったわ。少なくとも現代人の霊じゃないわね」

念を撃ち込むだけではない。念動力まで自在に操るのは高度な技だ。換生者《かんしょうしゃ》クラスでなければ、なかなかできる技ではないのだが。

「バイオリンは死守したが、……丈司を持ってかれたか。まずいな」

車のナンバーは、長秀が目に焼きつけていたが、行方《ゆくえ》は杳《よう》として知れない。

生温《なまぬる》い夜風が頬を撫《な》でる。

背筋が寒くなるような殺気《さっき》の余韻が、アスファルトにこびりついている。

＊

翌日、宮路良《りょう》の写真事務所に夜叉衆五人が集まった。召集をかけたのは景虎だった。

昨夜の一件を晴家から聞いて急遽《きゅうきょ》、作戦会議と相成った。それぞれに仕事を持つ五人だ。この顔触れが一堂に揃《そろ》うのは、久しぶりでもある。

「そうか……。織田がすでに接触していたとはな」

景虎の勘は当たった。やはり警戒していて正解だったのだ。

五人が囲むテーブルの上には、丈司のバイオリンがある。付喪神化した楽器だ。

「彼以外が弾いても、同じ効果がでるんでしょうか」

と直江《なおえ》が言った。「やってみようか」と申し出たのは勝長だった。

「学生の頃、手慰みに習ったことがある」

ケースから取りだして、左肩に構えた。なかなか様になっている。勝長が弾きだしたのは「夕焼け小焼け」だった。

なるほど、雑霊や精霊の類《たぐい》は確かに活性化するようだったが、丈司ほどではない。やや難易度を上げて音を増やしてみると、多少は賑やかになったが、やはり丈司の時ほど鮮やかではなかった。やはり演奏者との相性にもよるのか。そうでなくても、子供の頃から弾いていたバイオリンだ。丈司は体の一部のように弾きこなしていた。

「それで、この念の正体はわかったのか。晴家」

「私が査《み》たのは、女の人の姿」

「女？　どういう？」

晴家は机にあったメモ用紙に鉛筆でさらさらと似顔絵を描いてみせた。意外にも絵心がある晴家は、特徴をよくとらえた似顔絵が得意だった。

欧米人の若い女性だ。緩くうねる長髪と、目尻《めじり》にかけて甘く下がる瞳《ひとみ》。胸の開いたドレスと細い首、なんともろうたけた雰囲気の淑女《しゅくじょ》だった。

「……とてもきれいな人よ。青いドレスを着てる。丈司が手に入れる前から、念は染み込んでいたんじゃないかしら。このバイオリン自体、たぶん、四百年くらいは経《た》ってると思う」

「年季の入った逸品だったたってことか。おいおい、どこが練習用のお下がりだよ」

長秀は肩を竦めた。まあ、そういう意味では、確かに骨董品《こっとうひん》としての価値もあるだろう。

「だが、織田が手に入れようとしてたのは、もちろん、そういう意味じゃないはずだ」

「そうね。この人の念は、かなり濃厚な怨念《おんねん》だったと思うわ。もう木材の繊維《せんい》まで染み込んでるニスみたいなものだと思うの。悲惨《ひさん》な目に遭った怒りの念だわ。本来は邪気《じゃけ》の塊《かたまり》のようなものだと思うの。でも音色はとても美しいのよね。聞いていて陶酔《とうすい》してしまうような」

「邪悪だが、美しい。悪魔的《デモーニッシュ》ってやつか」

景虎が煙草を吸おうとして一本取りだしたのを、横から直江が取り上げた。

不機嫌そうに睨《にら》みつけてくる景虎を無視して、直江は身を乗り出した。

「問題は、次にどう出てくるか、ですね。楽器を手に入れたいなら、間違いなく、真中丈司を人質に、交換を願い出てくるところでしょうが」

「セオリーだな。あれだけ派手に立ち回れば、こっちの身元も早晩ばれる。いや、もうばれてるか」

と勝長が言った。そうでなくても、相手方には憑依霊がいた。景虎が苦々しそうに、

「《調伏《ちょうぶく》》できなかったのか。長秀、晴家」

「そりゃあ、しようと思ったさ。だが、外縛しようにも、あっちの攻撃力が高すぎた。木端神《こっぱしん》でも用意しときゃ、なんとかなったんだがな……」

対憑依霊用の装備ができていなかった。長秀は、直江が景虎から取り上げた煙草を、横から盗み、口にくわえて火を点《つ》けた。

「次は、し損じたりしねえ。必ず仕留める」

「おまえは負けず嫌いだからな。なら、赤シャツは長秀に任せよう。問題は織田があの楽器で何をしようとしてるかだ」

霊を活性化させる楽器。それを必要とする理由。

「霊力の増幅器に用いるつもりではないでしょうか。彼らは、飛騨《ひだ》の内ヶ島《うちがしま》一族の霊も従えているようです。集合霊の力を、付喪神楽器の力で増幅させて、また何か破壊工作をもくろんでいるのではないでしょうか」

「そう考えるのが順当だな」

「そいつで今度は何を破壊するつもりだ？　国会議事堂でも吹っ飛ばすつもりか？」

そこはまだわからない。織田の動きは《軒猿《のきざる》》が監視している。景虎は勝長を見、

「八海《はっかい》は何か言ってましたか？」

「いや。何かあればすぐに連絡が来るはずだが……。六王教《ろくおうきょう》と阿津田商事に対しては厳戒《げんかい》態勢でも、蘇州産業へのマークは薄かったろうからな」

眼鏡のつるを指先で持ち上げて、珈琲を飲んだ。そして、あまりの苦さに一瞬噴《ふ》き出しそうになって、長秀を睨んだ。宮路事務所の珈琲は、特別苦《つら》いのだ。

「阿津田商事も重役には大陸系の旧軍関係者が名を連ねてるが、蘇州産業のほうは特に貸金業で大儲《おおもう》けしてるって話だ。大陸で荒稼ぎした資金を元手に、銀行じゃまともに相手にされない

ような連中をカモに高利貸しで儲けてる。そのへんの銀行よりも稼いでるらしい」

「厄介《やっかい》な連中よね……。法の目をかいくぐるのはお手の物なんだわ」

そんな連中のトップに、あの朽木《くちき》がいるのが、晴家には信じられない。

「今度のことも、慎《しん》ちゃんが命じたのかしら」

「だから、信長《のぶなが》のこと慎ちゃんって呼ぶのやめろって。気持ち悪《わり》ぃからよう」

「ともかく」

と景虎が長秀の吸いかけ煙草を横から取り上げて、自分が吸った。

「丈司を奪還《だっかん》するのが、最優先だ。居場所を突き止めて、連れ戻そう。楽器を手に入れたい以上、人質には安易に手は出さないはずだ。手分けして探す。晴家、おまえは連絡係だ。やつらからの連絡が受けられるよう、待機を」

「わかったわ。どの道、この怪我じゃ、ステージに当分立てそうにないから」

病院で診察してもらったところ、肋骨にひびが入っているとわかった。痛みがひくまでは安静にすることになり、遥香が代演することになった。

「ちょっと待ってください。大学の事件はどうするんです。今朝、また昏睡《こんすい》学生が出たそうですが」

異を唱《とな》えたのは、直江だ。直江と景虎は、学生たちの「異床同夢《いしょうどうむ》」（同じ夢を見続けるので、そう名付けた）について調べているところだった。例の爆発現場から出てきた三猛将の霊体の行方も、まだ摑めない。

「そちらは保留しておまえも捜索に加われ。喫緊《きっきん》の問題は、丈司の身柄確保だ」

「喫緊なのは、こちらも同じです。学生たちが昏睡状態に陥《おちい》ってるんです。手を打つのが遅れたら、死者が出ないとも限りません」

「わかってる。だが、こちらは織田の関与が明白だ。破壊工作が行われれば、より多くの犠牲を招く」

「楽器が奪われない限りは、問題ないはずです。優先順位が違う」

「丈司の命と引き替えに要求してくるのは火を見るより明らかだ。無視すれば丈司が死ぬ」

「まだ要求は来ていないでしょう。ですが、学生たちは『死の船』に呼ばれてるんです。一刻の猶予《ゆうよ》もないはずです」

「それが本当の死に繫《つな》がる可能性があるならな」

「あなたはあの船を見てないから言えるんだ！」

いやにムキになる直江を、景虎は冷然と見つめ返した。ふたりの間に緊張が漲《みなぎ》った。勝長たちはハラハラとやりとりを見守っている。だが景虎は冷静だった。

「その船はそんなに危険な船だったか」

「……。死者が乗ってました。夢とは片づけられないほど、明晰《めいせき》でした」

「その船に乗った人間を、見たのか。その人間は、死んだのか。どうなんだ」

直江は答えに詰まった。「乗ったのはあなただ」とは言えなかった。そして、その景虎はちゃんと生きている。乗ったら死ぬ、わけではない。それは夢を見た本人ではなかったせいかもしれない。だが確証ではないから、景虎を説得する材料にはならない。

「……乗ったかどうかは、本人にしかわかりません」

「丈司の奪還が先だ。ひとまず保留して、捜索に加われ」

「それで手遅れになったら！」

「四の五の言わずに、従え。いちいち口答えをするな！」

頭ごなしに叱責《しっせき》され、直江は反発を剥き出しにして睨みつける。だが景虎は動じていない。

「おまえのそれは私情だ。学友への同情だかなんだか知らないが、私情を持ち込むな」

「あなたは私の意見を無視したいだけなんでしょう」

「今度は被害妄想《もうそう》か。いい加減にしろ」

「あなたたち北条《ほうじょう》が殺した怨霊《おんりょう》が、今度のことをやらかしたんだ。あなたは北条の人間として責任をとるべきだ！」

突然、立ち上がった景虎が、だしぬけに直江の口を乱暴に右手で掴んだ。直江は驚いて目を見開いた。景虎は真上から威圧するように睨みつけ、押し殺した声で言い放った。

「……オレの言葉に従えないなら、従えるように、一から躾《しつけ》しなおしてやろうか」

脅《おど》す声には殺気すらこもっている。直江は萎縮《いしゅく》して身じろぎもしない。ふたりの様子を、勝長と晴家は固唾《かたず》を呑んで見守っている。長秀だけが無関心そうだ。

直江は呻《うめ》くように、

「……わかりました」

と低く答えた。景虎はようやく手を放した。不遜《ふそん》な目つきであしらうように直江を眺め、意に介する様子もなく、

「なら、すぐに行動開始だ。丈司を捜す」

＊

誰よりも先に席を立って事務所から出ていった直江は、最後まで不満そうだった。

背中に屈辱《くつじょく》が滲《にじ》んでいる。あんな扱いをされても言い返せない自分が悔しい。そんな顔だった。何度食い下がっても覆《くつがえ》せない。そして最後はいつも階段の最上段から足蹴《あしげ》にされるような決着になる。そういう時の景虎はいつも、吠《ほ》える犬を黙らせる飼い主のような、そんな眼をし

ている。その眼が、直江には耐えられない。

負け犬気分をかき立てられると、また惨《みじ》めさが押し寄せる。それと戦っている。

憤懣《ふんまん》やる方ない——そんな後ろ姿を、景虎は二階の窓からじっと見送っていた。

「……ありゃ恫喝《どうかつ》だね」

声をかけたのは、長秀だった。直江に同情するように、窓の外を見やって言った。

「ふん。まだ《軒猿》たちのいる前でなかっただけマシか。今に始まったことじゃねえし、珍しいことでもねえが、……あんなやり方ばっかり通してると、いつか手痛いしっぺ返しをくらうぞ」

「何が言いたい」

「忠告してやってんだよ」

長秀は腕組みをして柱にもたれた。

「なんで直江の前でだけ必要以上に高圧的に振る舞うんだ？　直江の言ってることにも一理ある。利口な上司ってやつは、部下を立てて意見に耳を傾けたふりをしつつ、自分の意見をやんわり押し通すもんだぜ」

「くだらん。つけあがる隙《すき》を与えるだけだ」

「度量の問題だっつってんだよ。ああ見えてプライドだけは馬鹿《ばか》みたいに高い男だ。プライドがあリすぎて卑屈《ひくつ》になる典型的なやつだな。操縦法を間違えるとどっかで爆発する。そんなこた見てりゃわかると思うがね」

「飴と鞭《むち》を使い分けろとでも？　わかってないのはおまえのほうだ」

「なんでもかんでも勝ち負けに持ってくのは、みっともないって言ってんだ」

「勝ち負け？　そんなものにこだわってるのは、オレじゃない。あいつだ。人より上を行くことでしか自分を満たせないやつだからな。油断すると、すぐに人のあら探しを始めて、自分の優越感を満たそうとする」

「そういう目で見られるのは耐えられないってか」

「身の程はわきまえさせないとな」

「おまえの挑発は、景虎。まるで、やつにわざわざ刺されるためにやってるようにしか見えねえんだよ」

景虎はふと視線をあげた。長秀は辛辣《しんらつ》な調子で言い放った。

「晴家やとっつぁんの目はごまかせても、俺の目はごまかせねえ。そんなに上に立ってないと怖いのか。おまえのサディズムは、弱さの裏返しだ」

「意味がわからんな。くだらないことほざいてる暇があったら、丈司を捜せ。誰のせいでこんなことになってると思うんだ」

景虎は、直江を威圧したその目で、今度は長秀を睨みつけた。

「おまえが敵を仕留め損なって、丈司を守りきれなかったせいだろう」

長秀は溜息をついた。はいはい、と肩を竦め、車の鍵《かぎ》をとった。捜索に出ていくためだ。

玄関先で一度振り返り、長秀は言った。

「……てめえはそれでいいかもしれねえが、ああいう男はよ。追い詰めすぎると、おまえらふたりだけでなく周りも巻き込むから、ほどほどにしとけよ」

言い残して、長秀は去っていった。

景虎は柱にもたれて窓の外をじっと見つめている。

やがて気怠《けだる》げに目を伏せ、また煙草を一本、手に取った。

第四章　港町のマリア

昼下がりの街には、初夏の陽光が降り注《そそ》いでいた。

蔦《つた》の絡まる煉瓦《れんが》壁のその店は、扉を開けると、珈琲《コーヒー》の香りがふわりと漂《ただよ》った。

「美奈子《みなこ》さん、こっち」

中程のテーブル席から手をあげたのは、南方遥香《みなかたはるか》だ。

北里《きたざと》美奈子は笑顔を浮かべ、長い髪を揺らしながら手を振ってこたえた。

「ごめんなさいね。お待たせしちゃって」

「ううん、ちっとも。もしかして個人レッスンが入ってた？」

「大丈夫。今日はもうこれで終わりだから」

席についた美奈子に「はいこれ」と遥香が差し出したのは、可愛《かわい》らしい花束《はなたば》だった。

「コンクール銅賞おめでとう。これ私の気持ち」

「まあ、嬉《うれ》しい。ありがとう」

美奈子は頰《ほお》を染めて喜んだ。遥香はひとりっ子ということもあり、美奈子を姉のように慕《した》っている。店の若者たちからは、マリーと美奈子と遥香で「三姉妹」などと呼ばれていた。

「美奈子さん、本当にすごいわ。レガーロに来てから、たくさんお姉さんができて、とても嬉しいの。いつも会ってくれてありがとう」

「ううん。私も妹ができたみたいで嬉しいわ。遥香ちゃんとお買い物に行ったり、おしゃべりしたりするの、いつも楽しみにしてるの」

遥香もニコニコしている。当初はクールな「人形少女《ドールガール》」などと呼ばれた遥香だが、ここに来て本来の豊かな表情を取り戻し始めた。

美奈子はここのところコンクールを目指して集中していたので、こうして遥香と会うのも久しぶりだ。一山越えて、柔らかい表情に戻っている。それまでは「拳闘選手みたいな顔をしていた」と養父からも笑われた。一度ひとつのことに入り込んだ美奈子は家族すら寄せつけなくなるほどだと言う。もともと、巫女《みこ》体質の美奈子には「何かをおろす」とことん強いという、不思議な特性があるらしい。

「わかるわ。美奈子さん、ピアノ弾《ひ》いてると、時々別人みたいになるもの。普段はおしとやかなのに、すごい迫力があって、お店の男の子たちが圧倒されてるのがわかるの。ゴジラより怖いって」

「やだ、ひどい。……そうそう、ナッツくんとの初デートは、どうだったの？」

「うん。あのね」

香りのいい珈琲とケーキを味わいながら、若い女性らしい話題に花が咲く。

窓からは午後の陽差《ひざ》しが斜めに差し込んで、床の木目《もくめ》を浮かび上がらせる。時折、朗《ほが》らかな笑い声が響《ひび》き、喫茶店に明るい雰囲気《ふんいき》をもたらしていた。

「そうだ、美奈子さん。レガーロで今度、美奈子さんの祝賀会を開こうって、みんなで計画立ててるの。来週の週末あたり、ご都合はいかが？」

美奈子は驚いた。困ったような顔になった。

「ご……ごめんなさい。来週はちょっと予定が入ってて」

「なら、その次は」

「その……次も」

顔を曇《くも》らせてしまう美奈子を見て、遥香は何かを察したようだ。

「もしかして、レガーロで祝賀会は、いや？」

「……ううん。とても嬉しい。みんなにまた会いたいとも思う。だけど」

レガーロには加瀬《かせ》がいる。やっとピアノに集中できるようになったのに、これでまた加瀬に会ってしまったら、気持ちが持っていかれてしまいそうだ。そういう自分を留められなくなってしまいそうで、怖いのだ。

するると、遥香も真顔になった。勘のいい娘なのだ。

「ねえ、美奈子さん……。もしかして、レガーロに誰か好きなひとがいるの？」

図星を指されて、美奈子は思わず顔をあげてしまった。遥香が心配そうに見ている。

「やっぱり、そうなのね？　だれ？」

「言えない」

言うわけにはいかない。その名前だけは、心に秘めておかなければならなかった。

「……私、自分で思っていたよりも意志が弱いみたい。こんなことは初めてだから、どうしたらいいのかわからないけど、好きな人ができてしまうと、私、他のことが疎《おろそ》かになってしまうようなの。顔を見たらまた、ピアノに集中できなくなっちゃうから」

「美奈子さん……」

「もう忘れることにしたの。どう考えても幸せな恋じゃないもの。その人には恋人がいるし、そもそも私みたいな小娘、相手にもしてもらえないだろうし。何より私には婚約者がいるわ。どの道、未来がないもの」

やりきれない胸中を察し、遥香は悲しそうな顔をした。美奈子はわざと明るく、

「心配しないで。遥香ちゃん。私は恋愛よりもピアノに生きるって心に決めてるの。そのため

なら何を犠牲にしてもいいと思ってるわ。好きでもない人と結婚したって、かまわない。それに銅賞には満足していない。金賞がとれなくて、とても悔しかった。こんな気持ちで祝賀会なんて、みんなに申し訳ないから」

遥香は美奈子の気持ちをそっと受け止めた。そういう人間性は、彼女の弾くピアノにすでに十分表れていたから、遥香には理解できた。

「……そう。わかった。なら、女の子だけでごはん食べにいきましょうよ。美奈子さん大変よくがんばりました会。美味《おい》しいケーキ、いっぱい食べよう。ね」

ありがとう、と美奈子も微笑した。それからはまた楽しい話ばかりをした。

店を出ると、暗い雲が急に出てきて今にも雨が降り出しそうだ。風も吹き始めていた。渋谷《しぶや》の駅前には、学校帰りの学生や買い物帰りの女性たちが足早に行き交っている。遥香はこれから今夜もステージだ。

「ありがとう。遥香ちゃん。楽しかったわ」

「私も。またおしゃべりしましょうね。美奈子さん、それじゃあ」

改札の前で別れかけたその時、ふと遥香が足を留めて美奈子を振り返った。

「ねえ、美奈子さん……」

「うん？」

「美奈子さんが好きなひとって、……もしかして、加瀬さん？」

胸を軽く突かれた心地がして、美奈子は立ち尽くした。遥香はいたずらしたように無邪気《むじゃき》に微笑《ほほえ》むと、小走りで駅の雑踏《ざっとう》へと消えていった。美奈子は溜息《ためいき》をついて、ひとり淋《さび》しく笑った。

恋をしてはいけない身で、恋してはいけない人に想いを寄せてしまったのだ。仕方がない。ときめきに浸《ひた》っていられるうちはよかった。想いが深くなるほど、つらくなるばかりだ。未来のない恋だ。わかっている。だから手放すための努力をしている。

会わなくなりさえすれば、想いも冷めていくだろう。面影も遠ざかって、いつか「そんなこともあった」と思い出にしてしまえるだろう。レガーロの、あの、独特の魅惑的な空気から離れて、日常に戻り、やっとピアノにだけ集中できるようになった。やっといつもの自分に戻れた。これでいい。

でも今ここで加瀬の顔を見たりしたら、やっと穏やかに鎮《しず》まりかけてきた心を、また波立たせてしまうのは目に見えている。

「これでいいの。私はこれで」

胸に手をあてて、言い聞かせる。

その白い手に、ぽつり、と一粒、水滴が落ちた。

美奈子は空を見上げた。雨が降りだした。

傘を忘れたので、上着を頭からかぶって、美奈子はバス停から小走りで走ってきた。ふと足を止めた。坂の上に見覚えのある背格好をした男がいる。長身の若者だ。家の近くの電柱に、もたれかかるようにして、傘もささずに立っている。

「……笠原《かさはら》……さん……？」

雨に打たれて、ずぶ濡《ぬ》れだった。美奈子に気づくと、うっすら微笑んだ。美奈子は驚いて駆け寄った。

「こんなところでどうしたの！　ずぶ濡れじゃないですか！」

「君のピアノが、急に聴きたくなって……」

濡れた前髪が額《ひたい》に張りついている。直江《なおえ》は「駄目《だめ》かな」と細く呟《つぶや》いた。

「そんなことより風邪引いてしまいます！　いいから早くうちに来て！　早く」

美奈子に手を引かれ、直江は北里家の門をくぐった。家には誰もおらず、美奈子は直江を風呂場に通すと、服を脱がせてタオルで体を拭《ふ》かせた。父の服を代わりに用意して着させると、熱い紅茶を入れて、直江に飲ませた。

「一体どうしたんですか。来るとわかってたら、早く帰ってきたのに」

「……いや。たまたま用事で、近くまで来ただけだから」

いつになく声に力がない。雨に打たれたせいだけでもないようだ。美奈子はそっと顔を覗《のぞ》き込んだ。

「……。何かあったんですね。あなたが片思いしてる方と」

直江はハッとして顔をあげた。「なんでわかるの……?」

美奈子は優しく見守るような眼差《まなざ》しをしている。

「……あんなふうに雨に打たれていたい気持ち。私にも少しだけ、わかるようになったから」

「雨に打たれていたい? 君が?」

美奈子は小さくうなずいた。

「……私、やっとほんの少し、笠原さんに近づけたのかもしれない」

「美奈子さん……」

「今まで笠原さんの本当の姿を、見ようとしていなかったのだわ……」

あの時抱いた淡い想いに嘘《うそ》はなかった。それは確かに初恋だった。恋を禁じられた少女が、目の前に現れた王子様に舞い上がって、未来も実体もなくていい恋をした。初恋の甘さにだけ浸っていた。恋に恋をする、そんな多幸感だけで彼を見ていたような気がする。

今ようやく彼の心に触れた気がした。

「あなたも、苦しい片思いをしているのね……」

直江は目を瞠《みは》った。やがて、生え際のきれいな眉根《まゆね》が悲しそうに歪《ゆが》んだかと思うと、次の呼吸で、物も言わず、美奈子を抱きすくめていた。

美奈子は驚いたが、抗《あらが》わなかった。直江は何も言わなかった。白い首筋に顔をうずめ、腕に力をこめて、細い体を抱きしめ続けた。胸の苦しさをぶつけてくるような抱擁《ほうよう》だった。その腕の力があまりに真摯《しんし》だったので抗えず、美奈子はただ身じろぎもせず、じっと抱擁を受け止めた。

そして、そっと直江の背中に手を回すと、あやすように優しく撫《な》でた。

窓ガラスを雨滴《うてき》が流れる。薄暗い部屋には打ちつける雨の音だけが響いていた。

結局、美奈子のピアノを聴くことはなかった。紅茶も冷めないうちに、帰る、と言い出した。灯《あか》りをつけた玄関先で、美奈子が傘を差し出すと、少しだけ心がほぐれたのか、直江は表情を和《やわ》らげて、ようやく口を開いた。

「突然、妙なことしてすまなかった。今日のことは忘れて」

「ううん。何かあったら会いに来て。力になれるかどうか、わからないけど、話を聞くくらいは、私にもできるから」

「いや。ご両親に見つかったら大変だ。傘、ありがとう。返さなきゃね。またそのうち」

去り際に、ふと美奈子が、何かを思い出したように呼び止めた。直江は振り返ったが、美奈子も彼の打ちひしがれようを見てしまったあとでは、口にするのをためらってしまい「何でもない」と手を振った。

借りた傘を差して、長身の背中が雨の中を去っていく。坂の向こうへと小さくなっていく背中を、美奈子は二階の窓から、ずっと見送っていた。

（相談なんて、とてもできる雰囲気じゃないわよね……）

美奈子には今、ひとつ気がかりなことがあった。

数日前から、奇妙な夢を続けて見るようになったのだ。

あまりにも同じ夢が続くので、不安になっていた。龍神《りゅうじん》事件で力になってくれた笠原なら、それが何かわかるのではないかと思ったのだが……。

雨に打たれる彼に自分が重なった。不思議な共感で、彼が同志のように思えてきた。

奇妙な夢のほうは、ただ見るというだけで、肌に鱗《うろこ》が生えるようなこともないから、しばらく様子を見ようと思い、美奈子はピアノ部屋に戻った。

鍵盤《けんばん》に向きあう。

運指《うんし》の練習を始めた。

北里邸を去った直江は、坂の下から一度、屋敷を振り返った。窓に灯《とも》る灯りを温かく感じた。まるで真っ暗な海から見る、灯台のようだ。

（君なら、理解してくれるだろうか……）

この息苦しさを——この惨《みじ》めさを。

どこまでも押し潰《つぶ》してくる人間を、それでも求めずにはいられない、矛盾《むじゅん》しまくる心を。

（君になら、吐き出してもいいのだろうか）

なぜ、彼女のピアノが聴きたいと思ったのか。そのためだけに会いたいと思った自分が、不思議でならなかった。抱きしめたぬくもりが腕にまだ残っている。受け止めてくれるだけで、どれだけ救われたかわからない。彼女に安らぎを感じている。そう。嵐《あらし》の中で想う灯《ともしび》のように。

思い上がりだろうか。

（理解してくれ、だなんて……）

革靴に水が沁《し》み、爪先《つまさき》まで冷たかった。深く溜息をつき、公衆電話のある煙草《たばこ》屋に辿《たど》り着いた。感傷を断ち切るように、受話器を手にとった。

「……晴家《はるいえ》か？　俺だ。例の蘇州《そしゅう》産業だが、渋谷の事務所をチェックしてきた。墨枝《すみえだ》の子分たちが出入りしている様子はないみたいだ。他はどうだ？　何か手がかりは」

返ってきた答えを聞いて、直江は思わず問い返した。

「――……横浜《よこはま》だと？」

＊

降り出した雨は、やがて雷《かみなり》を伴《ともな》って、激しく鳴り始めていた。

同じ頃、景虎《かげとら》の姿は横浜にあった。

赤レンガ倉庫も雨に煙《けぶ》っている。線路も濡れて街灯の光に鈍く輝いている。沖合《おきあい》に停泊する貨物船から、たくさんの艀船《はしけぶね》が行き来を繰り返し、雨の中、間断なく荷を運び出していた。

横浜港には、まだ進駐軍に接収されていた頃の名残がある。米軍住宅はようやく解体され、新しい埠頭《ふとう》が作られている。

景虎は新港埠頭の岸壁ホームにいた。客船の入港もなく、人気《ひとけ》のない四号上屋《うわや》は静まり返っている。落ち合った相手は、八海《はっかい》だった。

「見つかったか。連中の隠れ家は」

「はい。新港埠頭の東側に、蘇州産業名義で借り上げている倉庫がありました。そこに見慣れない男たちが出入りしているのを、沖仲仕《おきなかし》が見ていました」

艀に乗り、貨物船の荷を積み下ろしする日雇いの港湾労働者のことだ。港近くの安宿に寝起きする彼らは、普段と違う人や物の出入りがあれば、すぐに気づく。格好の情報源でもあった。

「そこに丈司《じょうじ》らしき風体《ふうてい》の者もいたと」

「……。やはりな」

景虎はハンチング帽を深くかぶった。

「晴家のほうは」

「ようやく接触してきたようです。やはりバイオリンの引き渡しを要求しています。指示どおりに応じて、交換は明朝を指定しておいたとのことです」

晴家は前回の事件では「織田《おだ》方に操られる」というとんだ失態をしてしまっていた。今度こそバイオリンを死守する、と雪辱《せつじょく》を誓っていた。

「やる時はやるやつだ。バイオリンは晴家に任せよう。こちらは丈司の救出作戦に集中する。直江はまだか」

「それがなかなか連絡がとれず……」

景虎は舌打ちした。「あの馬鹿《ばか》」となじり、

「もういい。中途半端に関わられても、足を引っ張られるだけだ。救出はオレたちだけでなんとかしよう」

「用意してきました。景虎様。これを」

八海が手渡したのは拳銃《けんじゅう》だ。武器がなくても《力《りょく》》さえあれば闘える景虎たちだが、赤シャツ男の戦闘力を用心して、実装することにした。弾倉《だんそう》内を確認してベルトに差した。

「行くぞ」

ふたりは車に乗り込んだ。

＊

埠頭に立つハンマーヘッド・クレーンのシルエットは、巨大な恐竜《きょうりゅう》のようだ。

雨上がりで濡れたアスファルトは、街灯を反射して、いつもよりも明るかった。

海岸通りに面した高級ホテルの車止めに、黒塗りの外国車が五台。物々しい様子で現れた。

外国人居留者のための由緒ある名門ホテルだ。

ドアがバタバタと開き、吐き出されるように現れたのは、背広姿の男たちだ。ベルボーイがそれらの中で一番大きなリンカーンリムジンの、後部座席のドアを開けた。その時には、背広姿たちは一列に並んで、深々と頭をさげている。

降り立ったのは、黒い背広姿の青年だ。赤いシルクの襟巻《えりまき》を首にひっかけ、髪は後ろに撫でつけている。不遜《ふそん》な立ち姿で、眼光鋭く、辺りにいる男たちを睥睨《へいげい》する。

「ほう。ずいぶん豪勢《ごうせい》な監獄《かんごく》だな」

言いしれぬ緊張感を全身に孕《はら》ませ、青年は告げた。

物言わずとも人を従わせるような、威圧感溢《あふ》れる気をまとっている。凛々《りり》しく吊《つ》り上がった眉は、覇気《はき》に満ちた眼光を際《きわ》だたせ、顎《あご》に短く生やした髭《ひげ》が「生前」の容貌《ようぼう》を彷彿《ほうふつ》とさせる。口にくわえた葉巻を一口吸うと、虚空《こくう》に向け、悠然《ゆうぜん》と煙を吐いた。

「お待ちしておりました。おやしろ様」

男たちの列の先で、深く頭を下げたのは、阿藤守信《あとうもりのぶ》。六王教主《ろくおうきょうしゅ》・阿藤忍守《おしもり》の息子だった。

おやしろ様、と呼ばれた青年は、鷹揚《おうよう》にうなずき、葉巻を従者の差し出す灰皿に置いた。

「今夜のハマの風は、やけにぬるいな」

朽木慎治《くちきしんじ》……いや、織田信長《のぶなが》は、霧に滲《にじ》む街灯を見上げて、呟いた。

「どうぞ、こちらへ」

守信に案内されて、信長は館内に入っていった。赤絨毯《じゅうたん》が敷かれ、エレベーターで三階にあがる。廊下《ろうか》の一番奥の部屋に着いた。よく磨かれた真鍮《しんちゅう》のドアノブを開くと、中に、男がひとり。

真中《まなか》丈司だった。

突然、入ってきた男たちに驚いて、丈司はベッドから立ち上がった。

「な、なんです……っ。あなたたちは」

「こいつが例のバイオリン弾きか。ふん。みすぼらしい男だな」

「見てくれなどはなんとでもなります。磨き上げれば」

信長はほくそ笑むと、てらうことなく丈司の目の前に近づいてきた。丈司はその異様な迫力に気圧《けお》されて、思わずベッドに座り込んでしまう。信長は至近距離まで顔を近づけて、丈司を覗き込んだ。丈司は蛇《へび》に睨《にら》まれたカエルのように動けない。

ふん、と信長は鼻を鳴らすと、顎を振り上げ、上から見下ろした。

「楽器がなければ、何も面白《おもしろ》くない男だな」

「人でなし！　こんなことをしてもバイオリンは売りませんよ。絶対に売りませんから！」

「人でなし……か。クク。あいにく私には褒《ほ》め言葉だ」

信長は椅子《いす》に腰掛けて、丈司と正面から向きあった。

「そう騒ぐな。悪い待遇《たいぐう》ではなかろう。豪勢なホテル暮らし、毎食の豪華料理。寝心地のよい寝床で好きな時に寝て、好きな時に風呂に入れる。まるで王族ではないか」

「自由に外にも出られないのに、なにが王族だ！」

信長の眼がぎらりと唸《うな》ったかと思うと、物も言わず、丈司の前頭部を鷲摑《わしづか》みした。

「ひ……っ」

「勘違いするな。おのれなぞ、いつでも一息で殺せる。この頭の中にアレがあるから、生かしてやってるだけだ。そうでなければ、とっくに用無しだ」

「アレ…って、なんの……」

信長が、怯《おび》える丈司の目を覗き込む。

その殺気に満ち満ちた凶悪な眼差しに、丈司は震え上がった。身の危険を感じた。

「……まあ、いい。おまえには、もうひとつ、役に立ってもらう」

「え……?」

問いには答えず、信長は丈司の頭を手放した。

立ち上がった。

「おまえの叔父《おじ》に感謝しろ。やつの発明は、闇《やみ》に埋もれさせるには惜しい。実に、な……」

「叔父さんの?　どういうことですか。発明って何のことですか」

信長は立ち上がり、部屋を出ていく。見張りの者を振り返り、

「せいぜい贅沢《ぜいたく》させておけ。目を離すなよ」

言い残すと、信長は去っていった。阿藤守信もあとに従った。

信長の身に漲《みなぎ》る覇気と反応したように、彼が歩いていくところから、天井の電灯が音を立てて弾《はじ》けていく。廊下はやがて真っ暗になった。

階段下には、織田の武将が待ち受けている。信長は言った。

「一益《かずます》。向山《むかいやま》の動きはどうだ」

「はっ。殿」

ひときわ屈強《くつきよう》な肉体の男が、片膝《かたひざ》を落として、一礼した。おい、と信長は苦笑いし、

「よせ。膝をつくな。現代流でよい」

「はっ。全《すべ》て順調に」

「関東のことは、一益。おまえが一番よくわかっているはずだ。使える霊は全て使え。出し惜しみはするな。よいな」

「はっ。この左近将監《さこんのしようげん》――滝川《たきがわ》一益、殿の仰《おお》せのままに！」

館内中に響くような大声で、男は言った。信長は鷹揚にうなずき、歩き出した。

ラウンジの隅《すみ》で新聞を読んでいる男がいる。そんな男たちの様子を、紙面の端から片目で窺《うかが》って、眼鏡の蔓《つる》を押し上げた。

＊

倉庫街には霧が立ちこめ始めていた。貨物船の霧笛《むてき》が響く。車で乗りつけた景虎と八海を待

ち受けていたのは、安田長秀《やすだながひで》だった。

　ホットドックをかじっている。ふたりを見ると「遅いぞ」となじった。

「丈司はここか」

「いや。ここじゃねえ。連れて行かれた」

「なんだって。どこに」

「ホテル・ニューポート。豪華なスイートルームに監禁されてるぜ」

　長秀はホットドックを最後まで口に押し込むと、手を叩《たた》いてパンくずを払った。横浜では名の知られた老舗《しにせ》ホテルだ。景虎は苦い顔になり、

「倉庫にでも監禁されててくれたほうが気兼ねなく暴れられるんだがな」

「とっつぁんが一足先に乗り込んで、張り込んでる。乗り込むか」

「もちろん」

「その返事を待ってた」

　長秀が放ってよこしたのは、ホテルマンの制服だ。小豆《あずき》色の上下、脚《あし》の横と肩に金線が入っている。そして同色の帽子だ。どこからか、くすねてきたものらしい。

「さっ。三人でなりきろうぜ」

ホテルマンの制服に着替えた景虎たちは、ホテルの裏門から忍び込み、まんまと館内に入ることができた。催眠暗示が得意な長秀の手にかかれば、潜入は朝飯前だった。

館内は食事を終えて出てくる客やチェックインする客で、賑《にぎ》わっている。こういう場所では適度に人が多いほうが紛《まぎ》れ込みやすい。ラウンジに新聞を読む、眼鏡をかけた男がいる。従業員に扮《ふん》した景虎がさりげなく近づいていき、「佐々木《ささき》様でございますか」とメッセージを伝えるふりをした。

＊

ホテルマンの制服を着た景虎を見て、色部勝長《いろべかつなが》は「似合うな」と苦笑いした。

「……さすがだな。ボーイが板についてるじゃないか」

「レガーロで鍛えられましたから。部屋はどこです」

「三〇一号室。東の端だ。だが室内には見張りもいる。難しいぞ」

「……こっちには長秀もいます。そのために連れてきたんだ」

「このフロアは任せろ。非常階段は警護されてる。使わないほうがいい。中庭から裏手に出る従業員用通路が手薄だ。そっちを使え。気をつけろよ」

「ええ。勝長殿も」

と言い置き、行きかけた景虎の腕を、勝長が摑んだ。振り返った景虎に囁《ささや》いた。

「信長が現れたぞ」

景虎は息を呑《の》んだ。

「なんですって。ここに……っ」

「ああ。わざわざ自《みずか》ら出向いてくるくらいだ。今度の一件、こちらが考えているほど簡単ではないぞ」

「……。信長はどこに」

「取り巻きと一緒に三十分ほど前に帰っていった。ここにいたのも、ほんの数分かそこらだったが」

「近くにいるんですね」

景虎の目つきが変わった。もう神経は信長のほうに向かっている。勝長は引き留めるように、再度、腕を摑む手に力をこめた。

「軽挙は慎《つつし》め。信長を仕留めるなら周到な準備が必要だ。今は丈司の救出が先だ」

「……。わかってます」

だが、その眼は殺気で煮え始めている。搾《しぼ》り出すような呼吸を繰り返し「援護お願いします」と言って、またホテルマンの顔に戻ると、一礼してラウンジから出ていった。

（信長が近くにいる）

その一言で、景虎の頭の中はいっぱいになってしまった。

（朽木……っ）

「用意できたぞ」

三階で待ち受けていた長秀と八海のそばには、ランドリー回収用のキャスター付きケースが用意されていた。これに丈司を隠して出てくる手はずだった。

「どうした。なんかあったか」

景虎の顔つきが嫌に殺気立っているのを見てとって、長秀が言った。景虎は平静を装い、

「さっき信長が来たそうだ。この部屋に」

「なんだと」

「丈司が無事かどうか気がかりだ。とにかく段取りどおりに」

廊下には、見張りは立っていなかった。長秀が部屋のチャイムを押した。ドアの覗き窓の蓋《ふた》が開き、来客を確認したのは、中にいる見張りの男だった。ホテルマンの制服を着込んだ長秀は、営業用スマイルを浮かべた。

「夜分大変申し訳ありません。バスタオルの替えをお持ちしました」

「バスタオルだ？　そんなもの頼んでは……」

数瞬、目と目を合わせただけで、相手は長秀の催眠暗示にかかっている。瞼《まぶた》が重く目が虚《うつ》ろになり、見張りは自分からドアの鍵《かぎ》を開けて、長秀たちを部屋に通した。スイートルームのリビングには、他にふたり見張りがいたが、動く前に景虎が即座に念で昏倒《こんとう》させた。

「丈司は」

「この奥か」

ベッドルームのドアを開けた。

誰もいない。

もぬけの殻《から》だ。

八海と長秀が、別のベッドルームやバスルームも確認したが、丈司の姿はどこにもない。

(どこだ……っ。丈司は!?)

「……目当ての男は、ここにはおらぬぞ」

「!」

だしぬけに声をかけられて、三人は振り返った。と同時に真正面から念をまともにくらい、吹っ飛ばされて床に転がった。ドアの陰からユラリと現れたのは、赤シャツ男だ。先日長秀たちを手こずらせた、あの。

「まァた、てめえか……っ」

長秀が呻《うめ》くように言った。すると、赤シャツ男の後ろから、もうひとり。

今度はチャイナドレスに身を包む細身の女が、薄笑いを浮かべて現れた。

「性懲《しょうこ》りもなく現れたようだな。上杉夜叉衆《うえすぎやしゃしゅう》」

「換生者《かんしょうしゃ》というが、大したことはないな」

と言って、更にもうひとり。今度はふたりの背後から、プロレスラーのような屈強な肉体を持つスキンヘッドの男がのっそりと現れた。

「待っていたぞ。上杉景虎……いや、北条三郎《ほうじょうさぶろう》」

「なに」

床に這《は》いつくばりながら景虎は目を剝《む》いた。三人の男女は不敵な気炎《オーラ》を纏《まと》いながら、景虎たちに向き直った。

「宿敵北条。氏康《うじやす》の倅《せがれ》めが。貴様ごときが上杉を名乗るとは片腹痛い」

「この関東において上杉を名乗るは、我ら上杉朝定《ともさだ》公の家臣のみ！」

「まさか、おまえら……向山の！」

向山の三猛将。扇谷《おうぎがやつ》上杉家の家臣——東都大《とうと》で見つかった、三遺体の霊魂《れいこん》だった。

問答無用！　とばかりに長秀が先制攻撃に打ってでた。だが、三人は念を跳ね返し、三者三様に散って、景虎たちに襲《おそ》いかかる。猛然と撃ち込んでくる念を、《護身波《ごしんは》》で散らしながら、景虎が拳銃を取りだした。立て続けに撃った。

一発は赤シャツの男の肩を貫《つらぬ》いた。もう一発は灯りを壊した。銃撃はピンポイントで念も突き破るから、通常の《護身波》では止めきれない。《護身壁《ごしんへき》》ほどの分厚さでなければ、弾を止めるのは不可能だ。

「おのれ、北条！」

女猛将が腿《もも》の鞘《さや》から小太刀《こだち》を抜いて、斬《き》りかかってくる。景虎は身をかわし、つば元を銃身で押さえ込み、はねのけた。女猛将は後ろに倒れたが、ベッドのスプリングを使って跳ね返り、執拗《しつよう》に斬りかかってくる。

「景虎様……！」

八海が止めようとしたが、逆に横薙《な》ぎに腹を斬られた。

「八海！　……くっ！」

屈強な男猛将が景虎めがけて飛び込んできて、勢いよく両肩を摑んだ。勢い余って、ふたりの体は窓ガラスを突き破ってしまう。応戦していた長秀が叫んだ。

「景虎！」

赤シャツ男が銃創も物ともせず念を畳《たた》みかけてくる。女猛将も斬りかかってくる。長秀はふたりを相手に必死に防いだ。

「くそったれ……！　ナウマク・サンマンダ・ボダナン・インドラヤ・ソワカ！」

奥の手の木端神《こっぱしん》を投げつけた。

ドォンッ
という爆発音があがった。

尋常《じんじょう》ならざる破壊音で、階下にいた勝長も異変に気づいた。ガラスの破壊音に続いて、爆弾が炸裂《さくれつ》するような轟音《ごうおん》とともに館内全体が大きな衝撃に見まわれた。シャンデリアが揺さぶられ、みしみしと建物が悲鳴をあげた。

「景虎、長秀！」

いてもたってもいられず、勝長は階段を駆け上がった。宿泊客が次々と部屋から飛び出してくる。「爆弾だ！」「空襲だ！」と口々にわめいている。館内は大混乱になった。

「あれは！」

上階から逃げてくる宿泊客の中に、頭から毛布をかぶった若者がいた。両脇を背広の中年男に囲まれて引きずられるように降りてくる。すれ違った瞬間、勝長は咄嗟《とっさ》に気づいた。

「おい待て！　……丈司か！」

毛布をかぶった若者が振り返る。丈司だった。途端に「助けて！」と叫ぶと、中年男たちを振り払い、勝長のほうに駆け寄ってくる。が、勝長が保護するより早く銃声が響いた。

悲鳴があがった。発砲したのは屈強な背広男——滝川一益だった。立て続けに威嚇《いかく》射撃する。周りにいた宿泊客たちが悲鳴をあげてうずくまる。勝長も身を伏《ふ》せた。

「連れていけ！」「はなしてください！　助けて！」

丈司は抵抗の甲斐《かい》なく、玄関のほうへと連れていかれてしまう。させじ！　と勝長が念を放ったが、《護身波》に散らされた。立ちはだかったのは滝川だ。

「そこをどけ！」

「貴様も上杉夜叉衆か！」

勝長は答えるより先に攻撃を仕掛けた。滝川が勝長めがけて発砲する。階段のランプや飾りが次々と弾け飛んだ。切り抜けて外縛印《げばくいん》を結んだ。

「〝《バイ》〟！」

一益の肉体が金縛りにされた。が、抵抗を試《こころ》みる。強靱《きょうじん》なのは肉体だけではなかった。かつて織田の先陣もしんがりも務めた猛将だ。闘気のみで外縛を吹き飛ばしてしまう。

「ちいっ！」

「くたばれ、夜叉衆！」

念と銃とが入り乱れ、館内は大混乱になった。

＊

海岸通りは騒然としていた。ホテルの周囲には次々と消防車や救急車が集まってくる。赤いランプが、無惨に破壊されたホテルの白い壁を照らし上げている。

直江がようやく辿り着いた時には、怪我人《けが》が次々と運び出されていた。担架《たんか》に乗せられたひとりひとりの顔を確認して、とうとう八海を見つけた。

「八海……！　何があった。景虎様は！」

「直江様……」

腹を斬られた八海は重傷だ。幸い意識はあったが、出血が多く、顔は紙のように白かった。憑坐《よりまし》を捨てず、直江を待っていたのだろう。血塗《ちまみ》れの手で直江の手を握り返し、訴えた。

「向山の……三猛将なるものたちが……」

「向山？　それは向山砦《とりで》の怨霊《おんりょう》のことか！　ここに現れたのか！」

「景虎様…をお守りください……っ。敵は、北条に……怨《うら》みが……。とても強い……」

息も絶え絶えに訴える。直江は「わかった。もうしゃべるな」と言い、あとは救急隊員に任せて、すぐに現場となった部屋へと階段を駆け上がる。宿泊客がそこここで座り込んでいる。

警察の規制線をくぐり、一番奥の部屋へと飛び込んだ。ヨーロピアン仕様の室内はめちゃめちゃに壊れている。

ひどい有様だ。寝室は床に大きな穴が空《あ》き、天井もぐしゃぐしゃに壊れている。備品が散乱し、ベッドは破れてスプリングが剝き出しになり、窓ガラスは破れ、窓枠に血痕《けっこん》が残っていた。

「……これは……っ」

景虎と長秀の姿はない。すぐに警察官が直江を見つけて、追い出しにかかった。直江は食い下がった。

「他に怪我人は……っ。まだ、少なくともふたりいたはずです！」

「現場検証の邪魔《じゃま》だ。部外者はとっとと外に出なさい！」

言い返そうとした時、直江の肩に手を置く者がいた。振り返ると、若い警察官が「騒ぐな」と口を塞《ふさ》いだ。おかっぱ頭に警察帽をかぶっている。その顔に見覚えがあった。

「……高坂《こうさか》……っ。なんでこんなところに」

「大声を出すな。織田の連中がまだ近くにいる」

「見ていたのか。丈司は助けられたのか。いったい何があったんだ」

「織田に飼われた扇谷上杉の怨霊どもが暴れたのだ。景虎たちを待ち伏せしていた」

なんだと、と直江は目を剝いた。今なんと言った。……織田に飼われただと？

「馬鹿な。景虎様はどこだ。今どこに！」

「わからん。向山のやつらは、織田の刺客《しかく》。まだ死んでいなければ、連中に追われている頃だろう。やつは景虎を仕留めるつもりだ」

直江の顔色がサッと青ざめた。まさか始めからそのつもりで……っ。

高坂は鍵を胸の前に持ち上げてちらりと見せた。

「追うのなら、車を貸してやる。来るなら一緒に来い」

＊

横浜港は霧が濃くなってきた。

人気のない倉庫街に霧笛が響く。視界が悪いのは、追われる身にはありがたい。

三猛将との闘いで傷を負い、ここまでどうにか逃れてきた景虎だ。倉庫の壁伝いにすがりつくようにして歩き続けていたが、とうとう力尽き、物陰《ものかげ》でよろめくように座り込んだ。

息が荒い。いくら呼吸を整えても十分に酸素を取り込めない肺が恨《うら》めしい。首筋は汗で濡れ、前髪が額に張りついている。景虎は目をつぶり、魚のように口を丸くあけて喘《あえ》ぎながら、レンガ壁に頭を預けて天を仰《あお》いだ。

「……くそ……っ」

向山の三猛将のうち、屈強な男猛将と、赤い中華服の女猛将。長秀の木端神でも吹っ飛ばされなかったらしい。執拗に景虎を追ってくる。

なんとしても仕留めるつもりだ。

ここに辿り着く間にも何度となく《力》で衝突した。憑依霊《ひょういれい》だが、想像を絶する強さだ。互いに一歩も引かず、決着がつかぬまま、体力を著《いちじる》しく消耗《しょうもう》していた。

夜霧に紛れてどうにか物陰に身を潜《ひそ》めたが、満身創痍《まんしんそうい》だ。窓から落下した時に《力》で緩衝《かんしょう》しようとしたのだが、相手に無理な姿勢で押さえ込まれていたため、衝撃を吸収しきれなかった。

息をすると背中が激痛を発する。朦朧《もうろう》としながら、拳銃の弾数を確認した。

予備弾倉に、あと一発だけ残っている。

「……まずいな……」

体力も尽きている。念のほうも弾切れを起こしかけている。

ここを襲われたら、勝てる気がしない。絶体絶命だった。

できるだけ気配を殺して体力の回復をはかるか。選択肢は多くない。応援が来るまで、ここを動かず身を潜めているか。それとも……。

「う……っ」

じっとしていると、ぽたぽた、と血がふくらはぎから滴《したた》り落ちる。女猛将に斬られた傷だ。思った以上に出血が多く、止まらない。シャツの袖《そで》を片方ちぎって、止血を施《ほどこ》したが、すぐに真っ赤に濡れてしまう。これでは応援が来る前に、失血で命を落としかねない。

（やはり、直江が来るのを待つべきだったか）

意地を張ったのがよくなかったか。苦笑いを浮かべたが、力が入らない。背を丸め、体ごと壁にもたれかかった。視界が狭く暗い。意味もなく自嘲《じちょう》の笑みが漏《も》れた。

（馬鹿。こんなところで死ねるか……）

このまま追い詰められてネズミのように死ぬのか。あの時と同じだ。三年前、直江が死んだ時。それより遙《はる》かに中途半端な死に方だ。ずいぶんとあっけない、惨めな終わりじゃないか。

（向山の三猛将……。目覚めさせたのは故意《こい》だったのか。織田の仕業だった？）

北条に討たれた三猛将。その怨念を利用して刺客に仕立て上げたのだろう。氏康の倅である自分を討たせるためなら、またとない刺客だった。

（まずい……）

汗が引くと、今度は寒気がやってきた。血が失われたせいもあるだろう。ガクガクと体が熱を得ようとして震え始め、呼吸は乱れたままだ。肺も疲れ果てたか、息がだんだん細くなっていくようだ。

急速に死の気配を感じて、景虎はゾッと背筋が冷たくなった。

どの道、今のこの体の状態では、三猛将に太刀打ちできない。見つかれば一巻の終わりだ。ずいぶんと心細い状況に追い込まれたものだ。

（相手は憑依霊……。《調伏《ちょうぶく》》さえできれば）

景虎は目をつぶった。

「――……直江……」

その時だ。目の前に奇妙な気配を感じて、はっと目を開いた。

怨霊……！　と思ったが、三猛将のそれとは明らかに何かが違った。恐ろしく厳《おごそ》かで、重々しいものが天から降りてきた。そんな気配だった。

景虎の目の前に霊体がいる。

得体の知れない、金色の輝きに包まれた、霊体だ。

「……あんたは……だれだ……」

豊かな長い髪を持つ、白い肌の女だった。顔立ちは日本人ではない。肉づきの豊かな体つきは、欧米人のように見えた。攻撃してくる気配はない。景虎は朦朧と見つめていた。

（そうか……ここは横浜……）

昔から外国人居留地もあったし、つい最近では進駐軍に接収もされていた。外国人の霊がうろついていても、ちっともおかしくはない場所だ。

「……すまないが……今は、あんたを成仏《じょうぶつ》させてやるだけの力が……残ってない」

荒い息の下から告げると、欧米人の女の霊は、悲しそうに見つめてくる。

まるでどこかの宗教画から抜け出してきたかのようだ。よく見れば青いドレスを身に纏っている。悲哀のこもる美しさだ。霊だと感じるが、これは失血と酸素不足に陥《おちい》った脳が見せている幻《まぼろし》覚なのだろうか。

「……聖母……マリア……？」

幻覚にしたって、ずいぶん都合がよすぎる。そう思った時だ。

女の霊が、柔らかそうな唇《くちびる》を丸く開いて、何か言葉を紡《つむ》いだ。それは明らかに異国の言葉だったのだが、景虎には意味が伝わったのだ。

――……私を……壊して……。

「こんなところで瀕死《ひんし》の虎《とら》を見つけることになるとはな」

聞き覚えのある男の声が、景虎を現実に引き戻した。

霧が立ちこめる線路の上に、背広を着た男がひとり、佇《たたず》んでいる。

景虎は反射的に銃口を向けた。

不意に風が緩《ゆる》く吹き、霧を押し流した。滲んでいた輪郭《りんかく》がゆっくりと鮮明になった。

景虎は息を呑んだ。

「……朽木……」

第五章　対決

夜の港に、霧笛《むてき》が響《ひび》く。

夜露《よつゆ》に濡《ぬ》れた線路が、街灯の明かりを反射して、鈍く光っている。

景虎《かげとら》は銃口を向けたまま、身じろぎもできなかった。

そこにいたのは朽木慎治《くちきしんじ》……いや、織田信長《おだのぶなが》だったのである。

レガーロにいた頃とは別人のような身なりだった。皺《しわ》ひとつない背広に身を包み、赤絹《あかぎぬ》の襟《えり》巻《まき》を風に靡《なび》かせ……。よく磨かれた革靴《かわぐつ》で、銀のレールを踏みしめる。生まれながらの貴公子とでも呼びたくなるような。

だが、野性的な眼差《まなざ》しだけが変わらない。

周りに、人気《ひとけ》はない。従者も連れずにひとりで敵の前に現れるとも思えない。景虎は、これも幻覚ではないかと疑ったが。

「どうしたよ。加瀬《かせ》。ずいぶん弱ってるじゃねえか……」

心臓が跳ねた。朽木の口調で呼びかけてくるとは思わなかったのだ。

「朽木……。いや。おまえはもう朽木じゃない」

織田信長。

嚙《か》みしめるように名を呼んだ。自分に言い聞かせるように。

すると、朽木は肩を揺らして笑い始めた。朽木らしいニヒルな笑い方だったが、やがて声をあげて哄笑《こうしょう》しはじめた。その時にはもう信長の口調になっている。

「そうだ。わしは信長じゃ。東京タワー以来だな。景虎」

「なんでこんなところにいる」

景虎は銃口を下ろそうとはせず、眼差しに殺気《さっき》をこめた。失血で、目の焦点があわない。それでも歯を食いしばって引き金に指をかけた。

「オレに《調伏《ちょうぶく》》されにきたのか」

「ろくに立てもしない状態で、このわしを《調伏》できると思うのか」

悠然《ゆうぜん》と言い放つ。景虎は手負い。弾倉《だんそう》に入っている銃弾は、一発。信長が圧倒的優位であるのは、明らかだ。

「その拳銃《けんじゅう》でこのわしの脳天を撃ち抜けるか。景虎」

「……撃ち抜くさ」

挑戦的な眼差しは控えず、景虎は言いきった。

「おまえが殺してきた無関係な人間たちの怨《うら》みが、この引き金を引かせるんだ。貴様の息の根を止めるまでは、死んでも死にきれないからな」

「この俺を殺すのかよ。加瀬」

朽木の声と言葉で問われると、思わず心が揺れる。景虎は葛藤《かっとう》を封じるように目をつぶり、感傷を無理矢理、心から追い出した。

「ああ、殺す。おまえを殺す、朽木。これは復讐《ふくしゅう》だ。おまえが織田信長であり、仇《かたき》である以上、オレはおまえを殺す。レガーロの記憶は墓に埋めた。これは弔《とむら》いだ。加瀬と朽木の」

信長はいやに静まりきった眼差しで、聞いている。景虎は肩で息をしながら、

「加瀬と朽木は死んだ。もう二度と戻らない。帰ってこいとは二度と言わない」

「………。そうか」

言うや否《いな》や、信長も上着の下から拳銃を取りだして素早く構えた。銃口を景虎に向けた。

互いに銃をつきつけあう。

倉庫街に霧が立ちこめる。辺りには物音を立てるものもない。

霧笛だけだ。響くのは。

「……向山《むかいやま》の怨霊《おんりょう》を目覚めさせたのは、おまえか。信長」

景虎は低く問いかけた。

「あの『夢』を仕組んだのも。一体、何が目的だ」

信長は薄く笑った。

「夢か……。夢」

〝人間五十年、下天《げてん》の内をくらぶれば、夢幻《ゆめまぼろし》のごとくなり〟

謡曲《ようきょく》『敦盛《あつもり》』の一節を口ずさんで、信長は不敵に微笑した。

「貴様もわしも人生はとうに過ぎた。だが夢からは醒《さ》めぬ。下天の八日を生きても、なお醒めぬ。生即《すなわ》ち夢ならば、ずいぶんと長い夢を見ているものではないか」

「ごまかすな。おまえらのしわざなのかと訊《き》いている」

「向山の怨霊とやらか。我らは、救いを求めるものに手を差し伸べたまでのこと。この怨み晴らさで成仏《じょうぶつ》できるものかと叫ぶ魂《たましい》が、この信長に助力を請うたのだ。だが——」

信長が視線を動かさぬまま突然、銃口を景虎からそらし、真横に向けて一発、引き金を引いた。

女の悲鳴があがった。景虎が驚いて見ると、先程の中華服の女が路上に倒れている。三猛将のひとりだ。路面にみるみる血溜《ちだ》まりが広がっていく。

信長は一瞥《いちべつ》もしなかった。

「──貴様をなぶり殺す邪魔《じゃま》は、させぬ」

景虎はじっと睨《にら》み据《す》えている。

こうして張りつめた敵意を刃《やいば》のように喉元《のどもと》に突きつけ合って、真っ向から対峙《たいじ》していても、体の中に鳴るのは不協和音ではないと感じる。異物だから排除するのではない。異物にならないからこそ突き放さねばならぬのだと、何かが脳の奥から警鐘《けいしょう》を鳴らす。一度、手をとってしまったら、とことん同化してしまいそうだ。自《みずか》ら認めたくないものを、この体から引きずり出されてしまいそうだ。

だから突き放せ。──殺せ、と。

「……来いよ」

景虎は言った。体中が奇妙な高揚《こうよう》感に駆られていると感じた。

「来い」

信長の表情からも、不遜《ふそん》な笑みが消えた。いやに真率《しんそつ》な表情になった。

感じているのか。おまえも。同じ警鐘に突き動かされているのか。──同じ焦燥《しょうそう》に。

信長が鋭く動いた。再び銃口を景虎に向けた。景虎も目の高さに銃を上げ、指に力をこめた。

今度こそ迷わなかった。ふたつの銃口がひとつの線で結ばれる。

引き金を引いた。撃発はほぼ同時だった。

乾いた銃声がひとつに重なり、倉庫街に反響した。

引き金を引いた姿勢のまま、ふたりは動かない。

信長の左頬《ほお》に一筋、擦過傷《さつかしよう》が滲《にじ》んでいる。

景虎の左手から一筋、血が流れた。弾を左腕に受けている。景虎の弾は、尽きた。最後の一発だった。だが銃口は下げない。それが景虎の意思表示だった。

次に信長が撃ってきたら、もうあとは《力《りよく》》で止めるしかない。

「………」

信長が頬の擦過傷に指をあてた。そして不敵に笑った。

「言葉どおり、脳を狙《ねら》ったか。いいだろう。一発目はおまえの勝ちだ。だが二発目は」

もう一度、撃ちかけた信長の動きが、不自然に固まった。景虎も目を剝《む》いた。何かが信長の肉体に入り込んだのだ。三猛将のひとりだった。つい先刻、信長に撃たれた怨霊だ。あろうことか、信長の肉体を乗っ取ろうとしている。

《北条《ほうじよう》ヲ…殺スハ、コノ我ラ!》

《体ヲ……ヨコセ、殺ス体ヲ……ヨコセ……！》

信長の顔が苦痛で歪《ゆが》む。体の中で怨霊が暴れている。「朽木」の肉体の主導権を奪おうとして争っている。

今なら仕留められる……！

景虎は力を振り絞って印を結ぼうとした。が、左腕に力が入らない。それでもどうにか手を持ち上げ、指を絡まそうとした、その時だ。

真正面から突然、息が止まるほどの「圧」を受けた。

「こざかしい、怨霊めがあああ！」

信長が鬼の形相《ぎょうそう》で吠《ほ》えた。次の瞬間、信長の肉体が白熱化し、機雷《きらい》に触発したかのような衝撃を発した。フラッシュを焚《た》いたような閃光《せんこう》が、倉庫街を一瞬照らし上げ、断末魔の声が響き渡った。

景虎は目撃した。目の前で、霊魂《れいこん》が砕け散るのを。

信長に憑依《ひょうい》しようとした怨霊が「魂」に発破でもかけられたように一瞬で砕け飛んだ。木っ端微塵《ぱみじん》になって跡形もなく魂核《こんかく》ごと砕け散ってしまったのだ。……あとには何も残らない。残気のみが粉塵《ふんじん》のように霧の中に漂《ただよ》った。

信長は片膝《かたひざ》をつき、荒い呼吸を繰り返している。顔に手を当てた。

「クク……ククク……ハハハ……アッハハハ！」

（砕いたのか……）

景虎はゴクリと息を呑《の》んだ。

（この男、怨霊の霊魂を砕いたのか！）

馬鹿《ばか》な、と思ってあたりを見回したが、怨霊はもうどこにもいなかった。その気配をまとう残滓《ざんし》のようなものが灰のごとく散らばっているのは感じるが、そこにあるべき魂核がない。魂核ごと破壊したのか。そんなことが人間にできるのか。なんなのだ、そのケタ外《はず》れの力は……っ。

「ククク……フハハ！　アー──ハハハッ！」

信長は天を仰《あお》いで哄笑する。両掌《てのひら》を見つめ、目玉がこぼれ落ちるほど瞳《め》を見開き、禍々《まがまが》しいほどに笑い続ける。そして、ギラギラ輝く眼差しを凶悪に唸《うな》らせ、言い放った。

「見たか……景虎。《調伏》だけが霊を屈服《くつぷく》させる力と思うたら、大間違いだ。この信長の手にかかれば、霊魂を砕くも転がすも意のまま！　これこそが絶対なる力だ。あまねく魂どもの生殺与奪は我が手にある！」

景虎は戦慄《せんりつ》した。……やはり、そうなのか。

これが覚醒《かくせい》した信長の力なのか！

魂が転生できるのは浄化しても魂核が残るからだ。その魂核を破壊されては二度と転生はままならない。霊魂の「死」とは「絶対的〝死〟」なのである。つまり信長は最終兵器を手にしたのだ。霊魂を滅ぼすという最終兵器を。

って毘沙門天《びしゃもんてん》の力を得たように、信長もまた自らの力の圧縮機関をこの肉体から得たのに違いない。

換生《かんしょう》したからだ。信長は間違いなく換生で、力の根の下ろし所を得た。景虎たちが換生によ

「——貴様の魂も、この手で砕いてやろうか……」

狂気を孕《はら》んだ眼差しで、信長が近づいてくる。その圧倒的な禍々しさに景虎も息を呑んだ。

思わず壁に背をつけ、体中に念を沸き立たせた。それは明らかに恐怖の発露《はつろ》だった。本能的な恐怖が、体の底から念を湧《わ》き立たせたのだ。

「死ね、加瀬えええっ！」

「朽木いい——ッ！」

衝撃音があがった。

空爆でもあったかと思うほどの轟音《ごうおん》だった。衝撃波が同心円上に一瞬で広がり、倉庫のレンガ壁を吹き飛ばした。爆風に耐えられず、ふたりの体も飛ばされた。衝撃波が海面を舐《な》め、遙《はる》か沖合に停泊中の船までも大きく揺らした。

倉庫街は無惨《むざん》にも破壊された。建物があった場所は跡形もなくなり、崩れたレンガが残るばかりだ。

静寂《せいじゃく》が戻っても、動くものは何もない。

やがて遠くからサイレンが響き始めた。

＊

北里美奈子《きたざとみなこ》は、自らの悲鳴で、目を醒ました。

楽譜に向かっている最中、猛烈な眠気に襲《おそ》われて、鍵盤《けんばん》に突っ伏《ぷ》すように眠っていた。

ひどい悪夢だった。まるで目の前でそれを見ていたような臨場感《りんじょうかん》だった。

息が乱れ、手が震えている。耳をつんざく轟音も、爆風をくらった感触までも体中に残っている。恐怖感は去らず、ひとりでに全身がガクガクと震えた。

「……なんなの……。いまのは……。いったい……」

ふと部屋の隅《すみ》に何かの気配を感じて、美奈子は顔をあげた。

青白い影法師《かげぼうし》がひっそりと佇《たたず》んでいる。

美奈子には、それが何なのか、察することができた。

「……あれは、あなたが見せたの？」

青白い影法師は、若い女だった。透《す》き通るような白い肌と長いまっすぐな黒髪。幻想的な青いドレスを纏《まと》う、日本人の若い娘だ。細い手を胸にそっとあて、儚《はかな》そうな眼差しでこちらを見ている。

美奈子は驚かなかった。もともと、巫女《みこ》体質で、龍女《りゅうじょ》の血を受け継ぎ、霊感は強い。

「少し前から私の周りにいたわね。私に何を伝えたいの？　何をしてほしいの？」

美奈子には彼女が助けを求めていると感じられた。理屈ではなく直感だった。

「あれは現実なの？　いま起きてることなの？」

若い女の霊は、ひたむきな瞳《ひとみ》で見つめ返してくる。

「……私に、行け、というのね」

あなたの名前は？　と美奈子が訊《たず》ねると、不意に右手が重くなった。鉛《なまり》のように重くなった右手が勝手に動き出し、傍《かたわ》らにあった鉛筆を手にとり、意志とは関係なくひとりでに楽譜へと字を書き出した。

〝タカコ〟

そう書いてある。筆跡は彼女のものとは似ても似つかない。美奈子は顔をあげた。

「わかったわ。タカコさん」

青いドレスを着た「タカコ」の霊は、美奈子の決断を見届けると、すうっと消えた。

美奈子はまなじりを上げると、上着を羽織《はお》った。バッグを手にとって忍び足で階下へと降りた。すでに両親は就寝している。暗い家の中を、物音を立てないように歩き、そっと玄関から出ると、暗い坂道を勢いよく走りだした。

(迷ってはいけない。今は迷っている時ではない)

誰もいなくなった美奈子の部屋の隅には、バイオリンが置かれている。

先程、タカコが立っていたあたりだ。

古いバイオリンだった。

*

今夜の横浜港《よこはま》は、度重なる原因不明の爆発事件のせいで混乱している。

老舗《しにせ》ホテルの騒ぎに引き続き、倉庫街でも爆発物とおぼしきものが炸裂《さくれつ》し、建物が倒壊した。第一現場での検証も終わらないうちに、今度は倉庫街で緊急車両が行き交う羽目《はめ》になった。

「新港埠頭《ふとう》の倉庫街で爆発事故だと?」

直江《なおえ》はパトカーの中にいた。運転席でハンドルを握るのは、警察官に扮《ふん》した高坂《こうさか》だ。景虎たちを探しているところだった。警察無線からの情報を聞き、直江は助手席から高坂に言った。

「火の気のない倉庫街で爆発事故なんて、おかしい」

「ふん……。爆竹《ばくちく》遊びでもしたのではないか」

「爆竹であんな大きな爆発音がするわけがないだろう。景虎様かもしれない……。何してる。急いで向かえ！」

「いちいち指示をするな」

高坂が急ハンドルを切ったので、大きく振られた直江はガラスに頭を打ちかけた。

警察官に扮した高坂とともに直江は現場に乗り込んだ。だが、想像を超えた破壊の痕跡《こんせき》に、思わず息を呑んだ。

「いったい……なにが起きたんだ……」

レンガ倉庫はまるまる一棟、倒壊し、鉄道のレールは地面からもりあがって、グニャリと飴《あめ》のように曲がっている。周囲の舗道は抉《えぐ》れて、アスファルトが板チョコレートのように割れていた。周りの倉庫も半壊、もしくは屋根が飛んでいた。

「おーい、遺体《ホトケ》が見つかったぞ！」

爆発地点と思われる場所から、五十メートルほど離れたところだった。直江は顔色を変え、消防隊員と警官たちが集まっているあたりへと走った。

（景虎様……？　まさか！）

人垣をかきわけて、輪の中心へと身をねじ込んだ。

遺体は女のものだった。爆発での損傷もひどかったが、頭部に銃痕《じゅうこん》があり、どうやらこれが致命傷のようだ。

「誰かに撃ち殺されたようだな……」

「ヤクザの情婦《イロ》か何かですかね。抗争に巻き込まれたのでは」

「倉庫吹き飛ばす爆弾を抗争に使う暴力団なんて聞いたことないぞ」

刑事たちの話に直江が耳を傾けていると、その腕を人垣から引く者がいた。高坂だった。直江を人のいないところへと強引に引きずり出した。

「おい、何をす……っ」

「感じないか」

「え？」

「空気に異状を感じないかと訊いている」

直江は集中して残留念気を辿《たど》った。《調伏》を使った痕跡は感じられなかったが、それよりももっと強烈な「におい」が嗅《か》ぎ取れた。……何かが燃えたあとの焦げ臭さのような……。

「何者かの霊魂の、残りかすだ……」

「霊魂の〝残りかす〟だと？」

直江には意味がわからない。高坂はしかつめらしい顔になり、

「ここで誰かの霊魂が砕け散った。魂核まで木っ端微塵に破壊されたようだ」

なんだと……、と言ったきり、直江は絶句した。

高坂は霊査能力では直江の遙か上を行く。夜叉衆《やしやしゆう》では最も霊査能力に優《すぐ》れた晴家《はるいえ》でさえ、高坂にはかなわない。何せ、彼は人の魂核を査《み》て前世と照合できるほどだ。

「嫌なにおいだ……。轢殺《れきさつ》死体のにおいに似ている」

滅多《めった》なことでは動じない高坂が、心底いやそうな顔をした。

「怪物のしわざとしか思えん」

人間の魂核は、柔らかい果実の真ん中にある種子《しゆし》のようなもの。文字どおり「コア」であり、非常に強度が高くできていて、容易に破壊されるものではない。その人間の「本質」と呼ばれる部分であり、浄化の火に晒《さら》されても溶けず、生まれ変わっても唯一変質することがない。

直江は愕然《がくぜん》とした。そういう魂核を、破壊しただと……?

「何かの呪法《じゆほう》か」

「呪法などではないな。神仏の力でもない。まぎれもなくこれは人間の力だ」

「人間の力……だけで、魂核を破壊したのか」

戦慄を覚えた。

そんなことが可能なのか……。

「誰の魂が破壊されたというんだ。まさか、あの人だというんじゃないだろうな」

「……」

「おい、答えろ高坂！　やられたのは、景虎様なのか！　どうなんだ！」

直江は真《ま》っ青《さお》になって、高坂の肩を強く揺さぶった。高坂は鬱陶《うっとう》しそうにその手を払った。

「砕け散った魂の残滓が、己《おのれ》の主人のものかどうかもわからんのか。そんなことでよく後見人を名乗っていられたものだな」

「なんだと……っ。それでは！」

「景虎の魂が散っていたら、辺り一帯、毘沙門天臭くて仕方なくなるだろうよ」

杞憂《きゆう》だったと知り、直江は一旦《いったん》は胸を撫《な》で下ろしたが……。

「では、遺体で見つかった女の」

「残念ながら、それも違う」

高坂はあごをしゃくって、瓦礫《がれき》と化したレンガ倉庫のほうを差した。ひっそりと霊がいる。遺体の女のようだった。茫然《ぼうぜん》とした様子で、自分の遺体を取り囲む警官たちを見ている。

「どうやら怨霊に憑依されて、争いに巻き込まれたようだ。憑依されている間に殺されて、自分が死んだことも自覚していない。危険だぞ」

《ドウシテヨ……ナンデ私……コンナトコロニイルノ……》

幽体離脱の状態になった霊魂は、自分の遺体をその目で見る。混乱している。

《ナンデ……私ガ……アソコニイルノ……ナンデ……ナンデ……》

混乱するあまりに、悪い霊気がどんどん強く噴出しはじめた。

《私ハ、ココヨ……！　ココニイルノニ。ナンデナノ！　誰カ、気ヅイテ……！》

「君がそこにいるのはわかってる！」

突然、直江が叫んだ。何事かと警察官たちが振り返った。女の霊も直江の言葉に反応して振り返った。

「君は誰かに憑依されていたはずだ。何か覚えていないか！　君を撃ったのは誰か！」

人目も憚《はばか》らず問いかけた途端、まるで瞬間移動でもしたかのように、女の霊が直江の目の前にきた。話しかけようとした時、不意に体中に砂を流し込まれたような感覚に陥《おちい》った。

直江の体が自分の意志とは別に、動き出した。憑依されている。直江はわかっていたが、あえて好きにさせた。彼女が何かを教えようとしているのがわかったからだ。おぼつかない足取りで瓦礫の中に近づいていく。高坂もついてきた。

レンガの中に一丁の拳銃が落ちている。

（これは……）

ふっと体が軽くなった。霊体が肉体から離れたためだ。

そこに先程の刑事たちが駆けつけた。

「何か見つけたのか！」

「はっ！　こちらに凶器らしきものが」

高坂が敬礼してみせた。刑事たちは手袋をはめた手で、拳銃をとりあげた。

「被害者《ガイシャ》はこの拳銃で撃たれたというわけか……。おい、鑑識《かんしき》にまわしとけ」

と見つけた拳銃は警察に回収されてしまった。直江の肩にはまだ女の霊が抱着《ほうちゃく》している。

再び問いかけた。

「君を殺した男のことは覚えているか。憑依されてる間に何があったか、覚えていないか」

女の霊が途端に顔を歪ませて、恐怖をあらわにした。

《……ノブナガ……》

直江はギョッとした。高坂も、目つきを鋭くした。

女は、憑依されていた時、憑依霊と意識を共有していた。記憶があったのだ。

「織田信長のことか。君を撃ったのは、信長だったと？」

《ノブナガ……コワイ……。ノブナガ……サブロウ…ヲ……殺ス……》

サブロウ、と聞いて、直江はすぐに察した。

「三郎《さぶろう》とは、三郎景虎のことか……！　やはりここに景虎様はいたんだな！」

拳銃を拾った刑事が怪訝《けげん》そうに直江のほうを見た。

「さっきから何を騒いでいる。君はなんだね。犯人のことを何か知っているのか」

「あ……いえ」

《ノブナガ……コワイ！　ノブナガヲ殺シテ！　殺シテエエエ！》

泣き叫ぶ女の霊を直江はなだめた。――わかった。君の気持ちは十分受け止めた。君はもう何も案じることはない。もう怖がらなくていい。あとはまかせて、君は明るいほうへ。

直江の声は女に届いたようだ。歪んだ顔が元に戻っていき、生前のままの容貌《ようぼう》になって、放心したように見つめ返してきた。「成仏《じょうぶつ》するぞ」と高坂が言った。自分が死んだことを受け入れたようだった。

「……君の仇は必ず討つ。安らかに」

女は直江に思いを託すように一度うなずくと、静かに闇《やみ》の中へと溶けていった。と同時に、彼女の遺体のあるあたりがひときわ騒然としはじめた。知人が駆けつけたようだ。

彼女は水商売の女だったようで、店のママらしき年配女性が遺体にすがりついて泣き崩れている。店に現れず、捜していたという。

「運のない女だ。たまたま霊に憑依を許したせいで、命を落とすとは」

「……。ここには信長がいた。景虎様を殺すために」

直江はきつい眼で闇を睨んでいる。

瓦礫の中へと踏み込んでいった。景虎がここに埋まっているかもしれない。あとはもう物も言わず、死にものぐるいで捜し始めた。暗くて足許もろくに見えない。だが、かまっていられない。ついに景虎の名を必死に連呼し始めた。

高坂は醒めた眼差しで眺めていたが、ふとレンガとレンガに押し潰《つぶ》されるようにして、マッチ箱が落ちていることに気づいた。

レガーロのマッチ箱だった。

高坂は拾い上げた。

「……景虎め」

＊

一方、色部勝長《いろべかつなが》と安田長秀《やすだながひで》は、連れ去られた真中丈司《まなかじようじ》を捜索していた。

まさか景虎と信長が真っ向衝突していようとは、思いも寄らない。消防車とパトカーが激しくサイレンを鳴らして行き交っているのは気づいていたが、それどころではなかった。

日雇いの沖仲仕《おきなかし》たちが集まる寿町《ことぶきちょう》で、長秀は向山の三猛将のひとりを追いかけた。あの赤シャツ男の霊だ。だが、次々と憑坐《よりまし》を乗り替えて、いっこうに捕まらない。

「くそったれ！　ぴょこぴょこ逃げるんじゃねえ！」

安居酒屋にはたくさんの沖仲仕たちが飲んだくれている。赤ら顔の中年男や日焼けした老人、一升瓶《いっしょうびん》をラッパ飲みする若者……、憑依し放題というわけだ。これでは外縛《げばく》もままならない。

そうかと思うと、いきなり後ろから攻撃を仕掛けられる。

ビール瓶で殴りつけられ、長秀は路上に転がった。

「くっそ……っ」

視界に星が散って、足許がぐらついた。酔っぱらいたちは騒いで笑うだけだ。

一度やられると、もう見失う。

どこの誰に憑依しているか、サーチしようとすると、神経を消耗《しょうもう》する。

（ここじゃ分《ぶ》が悪《わり》ぃ）

このままではやられるか、見失うか、どっちかだ。

長秀は大きく深呼吸すると、おもむろに目をつぶり、声を張り上げた。

「わーかーく、あっかるーい、うったーごえにーー！」

だしぬけに歌い始めた。やけっぱち気味に長秀は『青い山脈』を放歌しだした。周りの沖仲仕たちもこれには驚いて、ぽかん、と注目してしまう。三猛将の赤シャツ霊も意表をつかれたのか、数瞬、攻撃がやんだ。

「あーぁおーいぃさんみゃー……そこだ！　〝𑖪𑖹《バイ》〟！」

赤シャツ霊は完全に虚《きょ》をつかれた。狙撃《そげき》するような外縛だった。長秀は淀《よど》みなく、

「のうまくさまんだ　ぼだなん　ばいしらまんだや　そわか！　南無刀八毘沙門天《なむとばつびしゃもんてん》！　悪鬼征《あっきせい》……っ」

「ぬおおおっ」

霊が猛烈に抵抗する。外縛を破ろうとしている。……またか！

長秀は歯を食いしばった。ここまで底力の強い霊は滅多にいるものではない。

（なんて力だ……っ）

「つあっ！」

とうとう弾《はじ》かれた。外縛を破って、長秀めがけて念をぶつけてくる。《護身波《ごしんは》》で受け止め損ねて、安居酒屋のテーブルごと吹っ飛んだ。

「長秀！」

そこに駆けつけたのは、色部勝長だ。霊めがけて外縛をかけようとした。が、するりと逃れて別の男に憑依する。夜叉衆ふたり相手では分が悪いと思ったのだろう。そこからはひたすら逃げの一手に出た。飛び石のように憑坐を次々と替え、外縛の網にかからないよう、逃げ切ってしまった。

「ちいっ。大丈夫か、長秀……！」

「……ああ。ちっくしょう。この長秀様ともあろう者が、あんな霊ひとりに手こずるなんて」

心底情けない顔をしている。居酒屋の親父《おやじ》にどやされながら、ふたりはひとまず寿町をあとにした。

赤提灯《あかちょうちん》のひしめく界隈《かいわい》を離れ、暗い夜道に出た。

長秀は道路の縁石に座り込み、強打された頭部に濡《ぬ》れたハンカチをあてながら、

「で？　丈司のやつは見つかったのか」

「いや。景虎が追ってるはずだが、連絡が途絶《とだ》えてる。あとは蘇州《そしゅう》産業に潜入させた《軒猿《のきざる》》からの連絡待ちだ。しかし、どうも妙だ。やつらの目的は、本当に楽器を手に入れることだけなのか？」

「というと？」

勝長は「それだけじゃないかもしれん」と真顔で言った。

「織田方の丈司の扱いがただの人質にしてはやけに丁重だった。それと真中丈司の叔父《おじ》という人物、ちょっと気になってな。晴家に調べてもらってる」

「叔父？　真中幸之助《こうのすけ》とかいう……。あのバイオリンを丈司に譲ったやつか」

「ああ。俺の記憶違いならいいいんだが」

ふたりは流しのタクシーを拾い、その足で向かったのは、外国人墓地だった。八海《はっかい》と合流する手はずになっている。八海は大怪我《けが》を負っていたが、憑依霊なので、憑坐を変えてやってくるはずだ。

人気のない外国人墓地からは港の灯《あか》りが見下ろせる。背の低い墓碑《ぼひ》が並ぶ一帯は、眼下の騒ぎが嘘《うそ》のように静まり返っている。そこに赤いコンバーチブルの外国車が到着した。乗りつけてきたのは若い女だった。

「色部さん、長秀！」

なんとマリーではないか。

宮部《みやべ》事務所で連絡係をしているはずだったが、信長が現れたとの報《しら》せを聞いて、いてもたってもいられず、自ら横浜まで車を飛ばしてきたところだった。

「怪我はない？　慎ちゃんはどこなの？」

「とうにいねえよ。連絡係はどうした」

「八神《やがみ》に任せてきたわ」

《軒猿》では二番手の男だ。八海の補佐役であり、右腕でもある。

経緯《けいい》は勝長が話した。信長直々《じきじき》に出てくるということは、やはり、今度の一件は裏に何か大きな思惑があるようだ。マリーは重苦しい面もちになってしまった。

「……嫌な予感がしてならないの。あの楽器自体もそうだけど、どうもそれだけじゃなさそうだわ」

「真中幸之助のことか。何かわかったのか」

「ええ。色部さんの記憶は間違っていなかったみたい」

マリーは助手席に置いたバッグから、複写した資料を勝長に手渡した。

「真中幸之助。ハルビン宮中楽団の元団長だった男だわ」

「楽団……？　なんだそりゃ」

「表向きは満州《まんしゅう》国の宮廷楽団。その実体は関東軍（満州に駐屯《ちゅうとん》した日本陸軍）で結成した軍楽隊。一応は皇帝・溥儀《ふぎ》お抱えの楽団という名目で、宮中だけでなく満州各地で公《おおやけ》の行事がある時に呼ばれて演奏するのが仕事だったようなんだけど、その裏でいろんな工作活動に従事してたっていう話」

勝長と長秀は顔を見合わせた。

「つまり、音楽活動を隠《かく》れ蓑《みの》に、特務工作を請け負っていたということか」

「ええ。団長の真中幸之助は、その筋では凄腕《すごうで》で知られた男だったようね」

そうか、と勝長は顎《あご》に手をあてた。

「……思い出したぞ。滝田《たきた》だ。岐阜日報《ぎふにっぽう》の滝田から聞いた話だったな。あいつは元陸軍の情報部にいた。確か、活動範囲は満州だけに留《とど》まらず、支那《しな》方面でもたびたび、活動していたと」

「ええ。これが本人の写真」

マリーが差し出したのは、新聞記事だった。

満州国の皇帝・溥儀の開いた晩餐会《ばんさんかい》で、演奏を披露《ひろう》したというものだった。カルテットのひとり、中央に腰掛ける男が「真中幸之助」だった。

「なるほど。丈司とも似てるな」

「そのスパイだった叔父が、織田とどう関係があるっていうんだ」

「幸之助は終戦間際、高田《たかだ》機関と頻繁《ひんぱん》に接触してたという話があるの」

なんだと？　と勝長は険《けわ》しい顔になった。マリーも神妙そうに声を抑《おさ》え、

「高田順平《じゆんぺい》の主導のもとで、ある実験に参加していたっていう……」

「高田機関の親玉か。実験？　なんの実験だ？」

「それが、ある生体兵器の開発だったと……」

ますます勝長たちは怪訝な顔をした。

「生体兵器……？　生物兵器ではなく？」

「ええ。生体兵器。生身の人間を兵器にさせるっていう、謎の実験。その内容がどういうものだったかは、全《まつた》くわからないいんだけど、それに幸之助は参加していたというの」

勝長は深刻そうに腕組みをした。

「高田機関といえば、織田と繋《つな》がりが深い連中じゃないか」

「ええ、そうなの。この情報も、阿津田《あつだ》商事に潜入させてる《軒猿》が持ってきたの。どう思います?」

「連中は、毒ガス研究をやってた陸軍習志野《ならしの》学校のＯＢなんかも飼っている。高田機関を通じて、旧陸軍の生物化学兵器の研究成果なども率先《そっせん》して手に入れようとしていた形跡がある。陸軍の実験というなら、そういうものが真っ先に思い浮かぶが」

「丈司の叔父で、スパイの真中幸之助が参加していた実験か……」

長秀も、しばし考えを巡らせた。

「そいつがあの付喪神《つくもがみ》バイオリンと、何か関係しているってわけか。まさか付喪神バイオリンを作り出す実験だなんていうんじゃないだろうな」

「旧陸軍が作り出した付喪神兵器……?　いくらなんでも突拍子《とっぴょうし》がないぞ」

「ああ。そうなったら生体兵器っつーより、心霊兵器だな」

「でも、その実験でできたバイオリンが、丈司のバイオリンなら、織田ともつながるし、話が通るわ。それに、もし実験で作られたものだとしたら、同じようなバイオリンが他にもあるかもしれない。問題はその製造方法じゃないかしら」

「製造方法？　阿津田商事が大量生産しようとしてるってのか」

「ええ。霊力を増幅させる楽器」

マリーの声は熱を帯びた。

「連中の本命は、その製造方法かもしれない。製造方法を捜してるのかもしれない」

「そいつを唯一握ってるのが、真中幸之助ってわけか。肝心《かんじん》の幸之助は、どこにいるんだ。そもそも存命なのか」

「終戦からこっち、行方《ゆくえ》がわからないって丈司は言ってたわ。生きていれば連絡のひとつもありそうなものだけど」

「丈司も会っていないわけか。丈司自体は、その製造方法なんか知るわけもないんだよな」

「ひとつ気になることがあるわ。幸之助が丈司に残したものは、バイオリンだけじゃなかったでしょう」

まさか、と長秀が目を剝いた。

「……譜面か？　幸之助が作曲したとかいう。その譜面に製造方法が書かれていた？」

「うん。その可能性が高いんじゃないかしら」

「でも譜面はもうないんだろ。ソ連兵に家を焼かれた時に焼失したって」

「織田はその譜面を丈司が今も持っていると踏んで連れ去った……ってわけか」

勝長は深くうなずいた。単に「楽器と引き替えにするための人質」ではない、と感じたのは、そういう意味か。

「確かに楽器を手に入れるためだけなら、拉致《らち》なんて回りくどいやり方を連中がするはずもない。だが、丈司がすでにその譜面を持っていないなら、消されるのは時間の問題だぞ」

三人の間に緊張が漲《みなぎ》った。

せめて、丈司にそのことが伝えられればいいのだが。

「陸軍の研究機関か……」

長秀には他にも気になることがあるようだ。

「なあ……。確か、直江が通ってる大学も、陸軍の研究施設の跡地じゃなかったか」

「そういえば、そうね」

その直江の大学では、不発弾の爆発事故が起きている。学生や職員たちが「異床同夢《いしょうどうむ》」に悩まされている。向山の三猛将が出てきたのも同じ場所だ。

「付喪神楽器の件と『死の船の夢』にも、何か繋がりがあるっていうことですか」

だが、陸軍の研究施設があったという他は、全く共通項がない。

しかし同じ時期にふたつの事件が同時に起きたという点には、三人とも引っかかりを感じていた。

「織田が何をしでかそうとしているのか。そいつを探り出せりゃ次の手が打てるんだが」

そこへ坂の下のほうから霧をくぐるようにしてオート三輪があがってきた。見知らぬ中年男が乗っている。だが、三人にはそれが誰なのか、すぐにわかった。

「八海！　憑坐のほうは大丈夫か」

「ひどい怪我を負わせてしまいましたが、いま病院で処置を受けているところです。それより大変です！　景虎様が……！」

なに、と三人は顔色を変えた。

丘から見下ろす新港埠頭のあたりは、すでに霧に包まれていたが、たくさんの赤色灯が集まって、ぼんやりと赤く血のように滲んでいる。

＊

同じ頃、北里美奈子は、東横《とうよこ》線の最終電車でどうにか桜木町《さくらぎちょう》駅に辿り着いた。

駅前でタクシーに乗り込んだ。

「山手《やまて》の天主堂まで」

実は、電車に乗っている間にも、強烈な睡魔に襲われて、短い明晰夢《めいせきむ》を見た。

美奈子が見た夢——それは青いドレスを着た異国の女が出てくる夢だった。

ひどい怪我を負った加瀬を抱いていた。その様はまるで、磔刑《たくけい》からおろされたイエス・キリストを抱く聖母マリアのようだった。

彼女がいる場所に、美奈子は見覚えがあった。

女学校時代に訪れたことのある坂の上の天主堂だ。彼女の通った女学校は、カトリック系のミッション・スクールだったので、他の地域の教会ともたびたび交流をしていた。その美しい庭は印象深かったので、美奈子は覚えていたのだ。

(あそこに加瀬さんがいる)

ただの夢だとは思わなかった。

確信を得たのは、目覚めた時タカコの霊がそばにいたからだ。

これは「助けに行け」という意味なのだと美奈子は信じた。疑う余地もなくそう思いこんでいた。

(マリア様が呼んだんだわ。私を)

もし、ただの夢だったなら、それでもいい。空振りでもいい。終電がとうになくなって家に帰れなくなってもいい。とにかく確かめるまでは。

美奈子は衝動とも焦燥ともつかない奇妙な感情に突き動かされていた。

それにしても、どうも街が騒がしい。赤色灯を灯した緊急車両がひっきりなしに行き来して、深夜だというのに街全体に落ち着きがない。

「あの、何かあったんですか？」

運転手に問いかけると「ああ」とぶっきらぼうに答えを返した。

「なんか爆発事件が立て続けに起きたらしいよ。今夜は物騒だから、あんたみたいな若い娘さんは気をつけたほうがいいよ」

美奈子の胸騒ぎは、ますますひどくなる一方だ。

自分の身の上のことなどは頭から消えていた。

車はまもなく山手にある天主堂に到着した。すでに門は閉じていて、鍵《かぎ》がかかっている。美奈子はいてもたってもいられず、呼び鈴を鳴らした。だが、誰も出てくる気配がない。

かくなる上は、と美奈子は足場になりそうなものを捜して、塀《へい》を這《は》い上がった。これでも子供の頃はおてんばで、木登りが得意だったのだ。

敷地の中に忍び込んだ。

あの庭だ。夢の中の映像は、くっきりと記憶に焼きついている。美奈子は捜した。よく手入れされた庭の噴水の奥。確か「ルルドの泉」を模したマリア像が立っているはずだ。

美奈子は悲鳴をあげた。

「加瀬さん……！」

慈《いつく》しみ深く手を広げたマリア像の足許に、加瀬賢三《けんぞう》が倒れていた。服は血塗《ちまみ》れだ。ひどい怪我を負っている。

「加瀬さん……しっかりしてください！　聞こえますか、加瀬さん！　加瀬さん！」

上体を抱き起こして、頬を叩《たた》いた。その冷たさにギョッとした。美奈子は慌《あわ》てて口許と脈に手を当てて、呼吸と心拍があるか、確かめた。指先にかすかな脈動をとらえた。

生きている。息もあった。

「加瀬さん！　しっかりして、加瀬さん！」

何度も呼びかけると、固く閉じられていた瞼《まぶた》が反応した。睫毛《まつげ》がピクリと動いて、薄く瞼を開いた。

だが、意識は朦朧《もうろう》としている。

弱々しく持ち上げた手を、美奈子は摑《つか》んだ。今にも途切れそうな意識を繋ぎ止めるように、強く摑んだ。

「いったい何があったんです。何が！」

加瀬の唇《くちびる》がかすかに動いて、何かを紡《つむ》いだ。美奈子は耳を近づけた。

——……なお……え……。

そう呟《つぶや》いたように聞こえた。が、それきりだった。

加瀬はそのまま美奈子の胸に頭を預けるようにして、意識を失ってしまう。

夜の庭で、美奈子は叫んだ。

「加瀬さん！　死なないで、お願い！」

血塗れの男を抱いて必死の形相で叫ぶ美奈子を、白いマリア像が見下ろしている。

天主堂の尖塔《せんとう》が霧に包まれていく。

夜の庭は、咲き始めたばかりの薔薇《ばら》と血の匂いが濃く立ちこめている。

第六章　二番目のテオトコス

病院に運ばれた加瀬賢三《かせけんぞう》が、処置を終えて病室に落ち着いたのは、もう未明のことだった。その間、ずっと付き添っていたのは美奈子《みなこ》だけだった。

経過観察室は個室になっているので、美奈子は加瀬とふたりきりだった。どこに連絡をつければいいのかわからなかった、というのもある。加瀬と同棲《どうせい》しているマリーの連絡先はそもそも知らなかったし、レガーロはもう閉まっていて電話には誰も出なかった。

加瀬と繋《つな》がりがありそうな人物で、唯一わかるのは、笠原尚紀《かさはらなおき》の自宅と坂口《さかぐち》、そして遥香《はるか》の下宿電話番号だった。遥香ならマリーとも連絡がつけられるかもしれない、と思い、夜分迷惑と承知で連絡をとった。

幸い、加瀬は一命をとりとめた。

ただ出血が多く、病院につくのがあと少し遅かったら、命にかかわったかもしれない。

美奈子は胸を撫《な》で下ろした。

腕には銃創《じゅうそう》、足に裂傷《れっしょう》、全身打撲《だぼく》……。

（いったい何が起きたんだろう）

消灯した病室で、加瀬が眠るベッドの傍《かたわ》らに座り、美奈子はずっと考えている。

こんなひどい怪我《けが》、余程のことでなければ負わないはずだ。あの夢はやはり現実だったのだ。

しかも銃で撃たれるなんて。ここは戦場でもないのに。

疑問はあとからあとから湧《わ》いてくる。夜は店に出ているはずだ。なぜ、こんなところにいたんだろう。何に巻き込まれたんだろう。何よりも……。

（なぜ、私はこの人の居場所がわかったんだろう）

正夢、とも少し違う。虫の知らせ、にしては明晰《めいせき》すぎた。

（マリア様のお告げ……？　タカコさんの霊は、なぜ私に知らせたんだろう）

もう午前二時をまわった。身内が駆けつけるまで、彼をひとりにしてはおけない。加瀬の怪我も心配だったが、自分がなんでここにいるのか、どう説明したらいいのだろう。

（朝帰りどころじゃないわね）

両親に何を言われるかと思ったら憂鬱《ゆううつ》だ。深く溜息《ためいき》をついた。だが、おかげで加瀬を助けられたのだから、大目玉くらい何でもない。後悔はしていなかった。

加瀬は麻酔が効いているのか、安らかな寝顔だ。初めて見る。

（マリーさんは、いつもこの寝顔を見てるのね……）

力ない笑みが我知らず、こぼれた。諦念《ていねん》のこもる笑みだった。

なぞりたくなるような鼻筋と、意外にふっくらとした唇《くちびる》。年齢の割に若く見えるのは、顔の形と大きめな瞳《ひとみ》のせいだと思っていたが、三十代にしてはきめの整ったこの肌のせいもあるかもしれない。そんな頬《ほお》も、今は失血で青白い。

ずっとこうして見つめていたいと美奈子は思った。こうして加瀬を間近で見ていられるのもごくわずか、限られた時間だ。レガーロもやめたし、店に行かなければ、二度と会うこともないかもしれない。これが見納めだと思ったら、去り難かったが、加瀬が目覚めてまた言葉を交わしてしまったら、意志の弱い自分は懲《こ》りずに揺れてしまいそうだ。

あとは執行《しぎょう》たちに任せて、加瀬の目が覚める前に去ったほうがいいのかもしれない。

（社長が着いたら、もう行かなきゃ……）

美奈子の胸は、名残惜しさでいっぱいになった。ふと手を伸ばして、加瀬の唇に指先をそっと触れた。その指で自分の唇に触れた。

わけもなく涙が溢《あふ》れた。

「……私……なにやってんだろ……」

点滴の雫《しずく》がまたひとつぶ、音もなく落ちた。

美奈子は声を殺して泣いた。

＊

体中が軋《きし》むように痛む。

左腕には焼きごてでも押しつけられているような痛みが続いている。

（熱い……）

灼熱《しゃくねつ》の炎に囲まれてでもいるようだ。息が苦しい。

ここはどこだ。なぜオレはこんなところにいるんだ。皮膚《ひふ》が焦《こ》げる臭いがする。

燃えているのは街なのか。空襲のただなかか。火の粉が蛍《ほたる》のように天に舞い上がる。炎を映す闇《やみ》の河。飛び込んでも全身を焼き続ける。死にたくない。体中が痛い。息ができない。苦しい。

灼熱の暗闇に手を伸ばす。その先に何か青白く発光するものがある。何かそこにだけ安らかなものを感じる。触れられれば、熱さも痛みも引いていくような気がした。懸命《けんめい》に伸ばした手を、誰かが握り返した。

たちまち躰《からだ》に清水を注《そそ》ぎ込まれたような心地がした。救われた細胞が甦《よみがえ》る。

青い衣を纏《まと》う女だった。

慈《いつく》しみ深く目を伏《ふ》せた、そのひとは……聖母？　聖母マリア……？

霧の港に佇《たたず》む、青い衣の聖母――……。

――……わたくしにございます……。殿……。

優しくまろやかなその声に、聞き覚えがあった。

青白い光を発していたその面影は、紛《まぎ》れもない。

(春《はる》姫……？　春姫、そなたなのか)

景虎《かげとら》の妻だった。かつて越後《えちご》で上杉《うえすぎ》家の跡目を争った、もうひとりの養子・景勝《かげかつ》。その、実の姉だった。謙信《けんしん》の姉・仙桃院《せんとういん》の娘だ。春姫は「華《はな》御前」とも呼ばれる、たおやかな女性だった。叔父《おじ》である謙信とも目元がよく似ていた。彼女は、御館《おたて》の乱で死んだ。

その春姫が、青い衣を纏って、景虎のそばに寄り添っている。

――……大丈夫。私はそばにいますよ……。

景虎の手をとって、春姫は慈しむように微笑《ほほえ》んだ。

――ずっと、あなたのそばに……。景虎様……。

「……は…る……」

もう片方の手を伸ばした。春姫の手を握り返そうとしたのだが。

薄く開いた目が、ゆっくりと像を結んでいく。春姫によく似た面影の女は……。

枕元《まくらもと》に腰掛けて、うつらうつらと微睡《まどろ》んでいる。

北里《きたざと》美奈子だった。

目を醒《さ》ました景虎には、しばし自分が置かれている状況が摑《つか》めなかった。ベッドに横たわって、腕には点滴が差してある。暗い天井、消毒液のにおい、どうやら病院のようだった。

「……う……っ」

麻酔が切れかけているらしい。体中の痛みがぶり返してきて、首筋に汗が伝った。

（オレは今まで何を……）

眉間《みけん》に鋭い痛みが走った。思い出したのだ。信長《のぶなが》と《力《りょく》》と《力》で衝突した瞬間を。

あまりに圧倒的なパワーをまともにくらって、死を確実に意識した。自分の体はこのまま肉片になって四散するのだと思った。

だが、怪我は負ったものの、どうやら生きている。四肢《しし》はどこも欠損せず、加瀬の肉体のままだった。かろうじて命びろいしたようだ。しかし、どうしてここにいるのが彼女なのか。それが全《まった》くわからない。

美奈子の両手は、景虎の左手を包んでいる。

景虎はその手を揺すぶった。

「おい……。おい、起きろ」

揺すぶられて、美奈子はハッと目を醒ました。驚いて手を放した。

「ご、ごめんなさい……苦しそうにしてたので、つい」

そこでようやく彼に起こされたのだと気がついた。

「加瀬さん……っ。よかった。いま先生を呼んできます！」

美奈子はナースステーションへと駆けていった。景虎は自分の手をぼんやりと見た。夢の中で今まで手を握ってくれていたのは春姫だとばかり思っていたが……。

(彼女だったのか？　でもなぜここに？)

当直の担当医師がやってきて、景虎を診察した。意識さえ戻れば、もう大丈夫、とお墨付《すみつ》きを得た。美奈子もようやく胸を撫で下ろした。景虎はまだ怪訝《けげん》そうだ。

「すみません。もう帰るつもりだったんですけど、急に睡魔に襲《おそ》われてしまって……」

「君がオレを助けたのか？」

「助けたというか……。見つけたというか」

「ここは……横浜《よこはま》のはずだが……？」

「それは……。あの、信じていただけるかどうか……わからないのですが……」

美奈子は有《あ》り体《てい》に打ち明けた。景虎にもよくわからない状況だった。

「……青い衣の、女……」

景虎が思い出したのは、倉庫街で会った異国人の女の霊だ。やはり青い衣を着ていた。信長が現れてから、どこかへ消えてしまったが。

「あの霊と、君が霊波同調したということか……？　どうして君が」

そもそも景虎が信長と戦ったのは、新港埠頭《ふとう》だ。彼が見つかった山手《やまて》の天主堂とは、だいぶ距離がある。この怪我で、自力でそこまで移動したとは思えない。気を失っている間に、誰かがそこまで連れだしてくれたというのか。誰が……？

美奈子はひたすら小さくなってしまっている。

「ごめんなさい。出過ぎたことをしてるというのは、わかるのですが……」

景虎はふと目元を和《やわ》らげ、苦笑いした。

「……そうやって、すぐあやまる癖《くせ》は直したほうがいい。君に助けられた。ありがとう」

そう言って、美奈子の手に手を重ねる。

美奈子は驚いて、しばし放心したように見つめ返してしまった。

「加瀬さん……」

それと同じ頃、病院の玄関には直江《なおえ》を乗せたパトカーが到着していた。

景虎らしき男がこの病院に運ばれてきたとの報《しら》せを、警察無線で得、駆けつけたところだ。

直江は裏口受付に飛び込んで、病棟に内線で確認を取ってもらった。

「運ばれた患者の名前は〝加瀬賢三〟……はい。間違いありません」

「ありがとう!」

というや否《いな》や、直江は階段を駆け上がっていってしまう。高坂《こうさか》はパトカーに凭《もた》れたまま、黙って見送った。

あれから新港埠頭の現場で今の今まで景虎の捜索を続けていた直江だった。だが、いっこうに見つからず、犠牲者らしき遺体も他に見あたらなかったことから、警察は「巻き込まれたのは一名のみ」として片づけようとしていた。

(いいや、ちがう。あの場にいたはずだ。あの人もいたはずだ)

高坂が見つけたレガーロのマッチ箱。それが動かぬ証拠だった。もしや遺体すら残らぬほどの衝突だったのか。動揺のあまり、混乱していた直江だ。

だが、搬送《はんそう》されたのが間違いなく景虎だと聞いて、安堵《あんど》するよりも興奮した。確かめねばならない一心で、階段を駆け上がった。

脇目もふらず、病室に飛び込もうとして、足を留めた。

景虎の横たわるベッドの傍らに、髪の長い若い女がいるのを見て、息を止めた。

一瞬、頭が真っ白になった。

（どういうことだ）

北里美奈子がいる。

見間違いかと思い、目を擦《こす》ってもう一度、見た。だが、錯覚ではない。

（美奈子がいる。なぜ）

気配に気づいて美奈子がこちらを振り向いた。直江は思わず、扉の陰に身を寄せた。

心臓が早鐘《はやがね》を打っていた。

まるで身内のように寄り添って、景虎と何か話している。その様子が端から見ていても、親和感に溢れていて、声がかけられなかった。

（なぜ、あの人のそばに彼女が……）

直江が混乱していると、奥にあるエレベーターの扉が開いて、そこから若い男女が慌《あわ》てた様子で飛び出してきた。晴家《はるいえ》と勝長《かつなが》だった。遥香と執行経由で連絡がついたらしい。

なぜか直江は咄嗟《とっさ》に身を隠してしまった。

「景虎……！　生きてたのね」

晴家は今にも泣き出しそうな顔で、景虎にすがりついていった。勝長も息を弾《はず》ませている。

海岸通りのホテルで向山《むかいやま》の三猛将と戦ってから、行方《ゆくえ》がわからなかった景虎だ。

景虎にすがりつく「マリー」を見て、美奈子は遠慮がちに立ち上がった。「じゃあ、私はこれで……」と去ろうとするのを、晴家が止めた。

「美奈子ちゃん……？　あなたが、どうしてここにいるの？」

「あの、それは……」

「それより朽木《くちき》はどこだ」

景虎が鋭く問いかけた。信長とは呼ばず朽木と呼んだのは、美奈子が同席していたからだ。

「新港埠頭でやつとぶつかった。やつは生きてるのか」

「慎《しん》ちゃんとですって……？　この怪我は慎ちゃんと戦ったせいなの？」

景虎はうなずいた。信長と真正面からぶつかりあったと聞き、晴家と勝長は、思わず青くなって顔を見合わせてしまった。新港埠頭の倉庫街で起きた謎の爆発事故は、彼らも聞き及んでいる。

「じゃあ、あれはあなたたちが……」

「野放しにしては危険だ。やつは危険な力を手に入れた。すぐにでもあいつを倒さねば」

起きあがろうとする景虎を、美奈子が止めた。勝長が「危険な力とは何だ」と問い返した。

「いったい、あそこで何があったんだ？　朽木はおまえに何をしたんだ」

景虎は真剣な目つきになり、ふと美奈子を見て、

「……。すまない。ちょっとの間、席を外してくれないか」

美奈子は空気を察して、小さくうなずいた。

直江は、部屋から出てきた美奈子を見て、すかさず、その場を離れ、階段口へと身を隠した。隠れる必要など全くなかったのだが、今ここで美奈子と対面したくはなかったのだ。動揺しているところを見られたくなかった。

（どうして彼女が、よりにもよって景虎様を助けに来たりするんだ）

ここに至って、直江は美奈子がレガーロで演奏していたことはおろか、客として店に来ていたことすら知らなかった。坂口は美奈子から口止めされていたし、そもそも美奈子が「龍女《りゅうじょ》」だと認識していたのは夜叉衆《やしゃしゅう》では直江だけだったから、景虎と晴家は、気に留めてさえいなかった。だから、彼女の話題を持ち出すこともなかったのだ。

そんな状況だったから、直江には青天《せいてん》の霹靂《へきれき》だった。

美奈子には、景虎との接点が、ない。

だからこそ、安心して「心の休息」を得られる相手だと思いこんでいた。なのに。

（どうして）

直接本人に問えばいいものを、直江にはできなかった。その口から明かされるものを、直感的に恐れたのだ。

廊下《ろうか》の長椅子《ながいす》に身を細くして座り込んでいる美奈子を見て、恐れているものへの確信がますます強くなっていく。問いただそうと思えば、すぐにできる近さにいるのに、直江は臆病《おくびよう》な少年のように出ていけずにいた。そうしているうちに――。

「直江様、そこで何をなさっているのです」

階段の下から声をかけてきた者がいる。見知らぬ男だったが、八海《はっかい》だとわかった。なんでもない、と取り繕《つくろ》った。「前の憑坐《よりまし》の容体は」

「一命は取り留めましたが、十分な治療が必要かと……。景虎様のご容体は」

「ああ、怪我はしているが、話せはするようだから……。あっ」

病室から晴家が出てきた。見届けて溜息をつくと、直江はようやく景虎のもとへ向かった。美奈子を送っていくようだ。美奈子に声をかけて一緒にエレベーターに乗り込んでいく。景虎が気づいた。晴家と入れ違いにようやく現れた直江を見て、開口一番「遅いぞ」と叱《しか》りつけた。

「なぜ連絡をとらなかった。あの時、おまえがいれば、ホテルで丈司《じょうじ》を確保できたのに」

動揺しているのを取り繕うため、無表情を通した。別にこちらにやましいことがあるわけでもないのに、まともに顔が見られなかった。

「蘇州《そしゅう》産業の動向確認に少し手間取りました。申し訳ありません。晴家は？」

「オレを病院につれてきてくれた娘を家まで送りにいった」

「誰です？」

「レガーロで一時期ピアノを弾《ひ》いていた娘だ。青い衣を着た女の霊からお告げを受けたそうだ。オレの前にも現れたんだが……」

直江は絶句した。言葉の後半は頭にすら残らなかった。レガーロで演奏だと？　寝耳に水だ。自分の知らないところでいつのまにそんな接点ができていたのか。何が何だかわからず、呆然《ぼうぜん》と景虎を見た。景虎は自分の手に目線を落としていた。意識がない間、美奈子が握っていた左手だった。切なそうな眼差《まなざ》しをしている。

「ともかく、そちらの解明は晴家に任せることにした。そこにいるのは八海か」

「はい」

それ以上は美奈子のことに触れず、話はやがて信長のことへと移っていった。

「――では、新港埠頭で霊魂を砕かれたのは、向山の三猛将のひとりだったのですね」

「なぜ知ってる。現場に行ったのか」

「はい。高坂が霊査を。破魂の痕跡《こんせき》があると言っていました。あれはやはり信長の力だったのですね」

景虎と勝長の表情は重苦しい。破魂の力まで手に入れるとは、想定外だ。信長が六王教《ろくおうきょう》の一祭神だった頃には、そこまでの力は持っていなかったはずだ。

「あの破魂は……恐らく生き人《いびと》にも有効だ。つまり我々換生者《かんしょうしゃ》も例外ではない」

目の当《ま》たりにした景虎が言うのだから、間違いない。破魂されてしまえば、換生もできなくなる。換生者にとっては一番の脅威《きょうい》だ。

直江は戦慄《せんりつ》した。

「……………。今後は破魂も警戒せねばならないのですね。ますます《調伏《ちょうぶく》》しづらくなる」

「全くだ。やつの破魂封じを早急に練らなければ。……そうだ。勝長殿。真中幸之助《まなかこうのすけ》の件を直江に教えてやってくれ」

真中丈司の叔父・幸之助が旧陸軍の工作員だったという一連の話だった。付喪神《つくもがみ》楽器が人為的に作られた可能性もあること、その製造方法は丈司に預けた譜面にあったかもしれないこと。

直江もさすがに神妙になった。

「高田《たかだ》機関がそんなオカルトじみた実験にまで手を出していたというのですか……」

「背後に六王教がいたんだ。それくらいはしててもおかしくない。問題はおまえの大学の研究施設にも、高田機関の関係者がいたかもしれないということだ」

「あの『死の船の夢』にも高田機関が関わっているかもしれないと？」

ここにきて、まるで無関係に思えた点と点が繋がり始めた。景虎は推測し、

「向山砦《とりで》の忌《い》み山《やま》に研究施設が作られたのも、偶然じゃなく、故意だったとも」

「封じられた三猛将を利用しようとしていたということですか。初めから」

「その可能性は否定できない。まあ、尚紀が入学したのは全くの偶然だろうが……」

高田機関の秘密研究——それを詳しく探る必要があるようだ。勝長が申し出た。

「陸軍の生物兵器関係の研究なら、関わってた医療関係者を何人か知ってる。当たってみる」

八海は《軒猿《のきざる》》たちを率いて引き続き「丈司の捜索」にあたることになった。

「長秀《ながひで》の姿が見あたりませんが、どこに」

「三猛将を《調伏》すると息巻いていたよ。仕留めきれなかったのが余程悔しかったんだろう。とにかく今夜は各々《おのおの》、少し休もう。長丁場になりそうだ」

景虎も体力気力ともに著《いちじる》しく消耗《しょうもう》している。一旦《いったん》解散となった。

残ったのは、直江だった。

「どうした。行ってもいいんだぞ」

「あなたひとり残しては行けません。そうでなくても三猛将に狙《ねら》われている」

「ひとりは破魂されたから、二猛将だな。……こっちは大丈夫だ。長秀もマークしてる。どうした。何か言いたいことでもあるのか」

直江は椅子に座りもせず、景虎を見下ろしている。

北里美奈子と何かあるのか。そう問いつめたかった。だが、どうしても美奈子の名が口から出せなかった。一度、口にしてしまったら、開けてはならない箱の蓋《ふた》が開きそうで怖かったのだ。躊躇《ちゅうちょ》する直江の心中まで探る体力は、今の景虎にはなかった。溜息をついた。

「……少し休ませてくれ。体中が痛くて、あまり話したくない」

枕に頭をあずけて目をつぶった。直江は膨れ上がる疑念に耐えるよう、眉間に皺《しわ》を集めていたが……。とうとうこらえきれなくなり、口にできない言葉を吐き出すように、勢いよく両手をベッドについた。景虎に覆《おお》い被さった。

その気配を感じつつも、景虎は目を閉じていたが、やがて喉《のど》をあおのけるようにして吐息を漏《も》らすと、おもむろに重い瞼《まぶた》を開いた。

怪我のせいで熱がある。熱で潤《うる》んだ瞳は倦怠感《けんたいかん》を漂《ただよ》わせていた。

「……なんだ。今度は」

「景虎様、あなたは──」

「………。今夜マリアに会った」

直江の言葉をさえぎるように言った。

「マリア……？　誰のことです」

景虎はふと視線を泳がせ、遠くへ想いを馳《は》せるようにしていたが、やがて弱々しく苦笑いし、

「知っているか。聖母マリアは青い衣を着ているそうだ。青色はキリスト教で〝天上〟を意味する……」

「天上」

「そう。対する赤は、血の色。〝殉教《じゅんきょう》〟の色。イエス・キリストが……ゲッセマネの園《その》で纏っているのは、赤い衣……」

譫言《うわごと》のように呟《つぶや》く。ゲッセマネの園とは、キリストが処刑前夜に祈りを捧《ささ》げた、エルサレム近郊の山麓《さんろく》のことだった。彼は自《みずか》ら、弟子《でし》たちに見捨てられ、裏切られることを予言した。弟子たちは不安がりながらも疲れに負け、キリストが祈る傍らで、迂闊《うかつ》にも眠りこけていた。それが師との最後の夜だということにも気づかずに。

ユダは、裏切りを実行するために走り去ったあとだった。

景虎は寝入りばなのように呟いた。

「……喉が渇いた。直江。何か飲み物を」

我に返った直江が、テーブルにあった水差しに手を伸ばした。差し出そうとした時にはもう、景虎は寝息を立てている。

水を飲ませることはできなかった。

（このひとは、なんで今、こんな話を……）

——……おまえはオレを売るよ。

あの夢の中の景虎の言葉が、今更ながらに直江の胸に暗い影を落としている。

その胸中には、疑惑と嫉妬《しっと》が黒く蠢《うごめ》き始めていた。そんな不穏《ふおん》な心境とあいまって、景虎の言葉は不気味な符丁《ふちょう》のように感じられたのだ。

——我、渇く。

確かキリストは磔《はりつけ》にされながらそう言った。直江は背筋が冷たくなった。

キリストに裏切りを予言された弟子のような気分になったのだ。

(馬鹿《ばか》な。俺はそんな真似《まね》はしない。してたまるか)

眠りについたその顔を眺めて、直江は自分に言い聞かせた。惑《まど》わされるな。俺はユダになんかならない。俺が織田《おだ》にこの人を売るとでもいうのか。そんなわけがあるか!

(俺にはこの人を売る理由なんて……)

不意に美奈子の顔が思い浮かんだ。景虎に語りかけている美奈子は、穏やかな微笑を浮かべていた。どこかはにかんだように微笑む顔は今まで見てきたどの表情より美しいと感じた。

景虎がどんな表情をしていたのかは、思い出せない。それは自分には向けられたことのない表情だったか。自分が知らない表情だったか。思い出せないのは認めたくないからか。

(思い出せない)

わかるのは、この胸にこみあげたのが、強い恐怖だったということだけだ。

「……そんな、はず……」

直江は崩れるように椅子に座り込んだ。そして頭を抱えた。

点滴が音もなく、ひとつぶ、またひとつぶ、ガラス管の中に落ちていく。

それはあたかも破局の時を数える水時計のように、静かに、だが確実に。

夜は深く重い。

暗渠《あんきょ》に足を踏み入れたかのように、闇はいま、直江の背中を押し包もうとしていた。

＊

夜明けの国道をひた走るコンバーチブルには、ふたりの若い女が乗っている。

ハンドルを握るのは、柿崎《かきざき》晴家ことマリーだ。さすがに夜は冷えるので幌《ほろ》をつけている。

美奈子は気まずそうだった。自分が加瀬のそばにいたことを、マリーが悪い方向に勘ぐっているのではないかと心配しているのだ。

最初から一緒にいたと誤解されては困る。加瀬は浮気なんかしていないし、自分もそんな立場ではない。だが「夢のお告げ」なんてオカルトめいた理由を、信じてもらえるとも思わなかったから、内心は不安で仕方なかった。

実際、マリーは運転している間も、ずっと怖い顔をしていた。

口もきこうとしなかった。

どうしよう。きっと誤解されている……と思い、美奈子は怯《おび》えた。勇気を出して、ちゃんと弁明しようと思ったそのときだった。

「寒くない？　美奈子ちゃん」

突然、マリーのほうから声をかけてきたので、美奈子は驚いた。

「は……はい。大丈夫です」

「そう。寒かったら言ってね。暖房入れるから」

信号待ちの間、マリーがこちらを見、すまなそうな顔をした。

「ごめんなさいね。妙なことに巻き込んじゃって……」

巻き込む、という言い方に美奈子はうろたえた。浮気を疑われていると思いこんでいたので、加瀬と喧嘩《けんか》でもしていたのだろうか、といらない心配までしてしまった。

「慎ちゃんのせいだわ。何もかも」

「慎ちゃん？　それは確か、朽木さんとおっしゃる方のことですか。前にレガーロにいた」

まさか、その朽木と自分が靖国《やすくに》神社で壮絶《そうぜつ》に戦ったことなど、美奈子は覚えていない。もっとも、あのときは龍神憑《りゅうじんつ》きの状態だった。

「ええ。いいやつだったのよ。ぶっきらぼうだけど愛嬌《あいきょう》があって面倒見もよくて……。大好きだったわ。もちろん同僚としてだけど。……今でも信じられないの」

「悪いご友人でもできてしまったんですか？　暴力団のような人たちの仲間に？」

「暴力団よりタチが悪いわ。賢三さんの気持ちもわかるの。でも敵なのよ、もう……」

自分に言い聞かせるようにマリーは力強くシフトチェンジした。アクセルを踏んだ。

憤懣《ふんまん》やる方ない気持ちを噛《か》みしめつつ、心のどこかで望みを繋ぎたいと思っているのだろう。

マリーは国道の先をじっと睨《にら》み続けていた。

「そういえば、美奈子ちゃん。賢三さんを助けられたのは、青い服の霊からお告げがあったおかげなのだそうだけど」

美奈子はドキリとした。「は、はい……っ」

「その霊はいつから現れたの？　最近？　それともずいぶん前？」

マリーは疑うどころか、それを前提に話し始めたではないか。これには美奈子も驚いた。

「はい……。確か、三日ほど前でしょうか。青い服の女性が出てくる不思議な夢を見るように。それから私の部屋にタカコさんという女性の霊が現れるようになって。悪さをするような方ではなかったので、様子を見ていたんですが……」

美奈子は巫女《みこ》体質だ。霊感も強い。

霊を見てしまうのは今に始まったことでもない。ただ見えるというだけで、干渉したりはしないのだが、その霊が珍しく美奈子に働きかけてきた。

「でも、なんで賢三さんのピンチを私や尚紀さんでなく美奈子ちゃんに伝えてきたりしたのかしら。美奈子ちゃん、賢三さんと何かあるの……？」

恋人のマリーから「横恋慕」を疑われたのではないか、と美奈子は気が気でない。内心冷や汗を流したが、マリーはそこには突っ込まず、

「霊が現れたキッカケに心当たりはある？　たとえば、何か特別な出来事に遭遇したとか、何か物の出入りがあった、とか……」

「物の出入り、ですか。そういえば、父の友人から楽器を預かりました」

「楽器？　どういう」

「バイオリンです」

マリーは驚いた。美奈子は思い出し、

「その方が前から父に譲る約束をしていたという古いバイオリンなのだそうです。海外で活躍されておられる方なのですが、たまたま日本に来られたそうで。父は今、演奏旅行でヨーロッパに行っているので、帰ってくるまで私が預かることになりました。私は滅多《めった》に弾かないので

すが、父がバイオリニストなので」

養父・北里張彦《はるひこ》は、日本を代表する交響楽団の首席バイオリニストでもあった。

マリーの表情がたちまち強《こわ》ばった。

「待って……。その方の名前は、なんて」

「私もお会いするまで直接は存じ上げなかったのですけど、確か……真中幸之助さんと」

「！」

マリーは思わず急ハンドルを切り、車を路肩に寄せた。ギアをパーキングに入れ、助手席へと身を乗り出し、

「真中幸之助ですって？　その人と会ったの？」

「はい。音楽学校にいらしてたんです。校長先生と同じ音大出身とかで。北里の娘だということで私をわざわざ校長室に呼んでくださって」

「そこでバイオリンを渡されたのね？」

「はい。ちょっとこの場で弾いてみてくれと言われたので、少しだけ弾きました」

「それから霊を見るように？」

「はい」

「他に何か言ってなかった？　そのバイオリンについて」

美奈子は記憶を辿《たど》った。そういえば、と呟き、

「このバイオリンには名前があると。その名は確か〈二番目のテオトコス〉」

「テオ……トコス……」

何を意味する名前なのか、マリーにはわかりかねた。だが〈二番目〉という部分に、強い引っかかりを感じた。

真中幸之助がひとにバイオリンを託《たく》すのは、真中丈司に引き続き、ふたつ目だ。ひとつ目のバイオリンは、付喪神楽器だった。ということは、まさか美奈子に託されたものも……。

「美奈子ちゃん、そのバイオリン、少し預からせてもらってもいいかしら」

「でもお養父《とう》様が……」

「帰国されるまでには返すわ。そのバイオリン、もしかしたら、とても危険なものかもしれないの」

「バイオリンがですか？　爆弾でも仕掛けられてるとでも？」

「そういう意味じゃないの。でも、なぜあなたに……」

マリーが異変に気づいたのはそのときだった。たくさんの車のライトが四方からあてられたかと思うと、路肩に止めたコンバーチブルの周りに突然、黒い車が前から後ろから次々と停まった。取り囲むようにして停まった黒塗りの高級車に、マリーは見覚えがあった。まずい。

（蘇州産業の墨枝《すみえだ》……！）

　車から背広男たちが次々と降りてきた。だが最後に降りてきたのは、墨枝ではなかった。欧米人と見まごう容姿の、青年だ。すらりとした長身で、髪は長く、ストライプ柄の背広をスマートに着こなしている。あのひとは！　と悲鳴のような声をあげたのは、美奈子だった。

「阿津田《あつだ》商事の、ハンドウ……っ」

　マリーはギョッとした。――ハンドウ？

　まさか、あれが森蘭丸《もりらんまる》!?

「ちょっと待って。美奈子ちゃん、なんであの男を知ってるの？」

「これはこれは龍女様。ご無沙汰《ぶさた》にございます。龍女様にはご機嫌うるわしゅう」

　ハンドウが美奈子に向けて慇懃無礼《いんぎんぶれい》な西洋風の挨拶《あいさつ》をした。マリーはハンドウと美奈子を交互に見て、軽く混乱してしまった。――「龍女」とは、龍神騒動の時の……っ。

「まさか美奈子ちゃんだったの？　あの時の龍女というのは」

　そういえば、彼女は初め「坂口の友人」としてレガーロに来ていたのだ。ふたりは親戚《しんせき》同士だった。今の今まで気づかなかったのが不思議なくらいだ。

「な……なんなのですか。もう私は龍女でもなければ、龍神の使いでもありませんよ」

「実は今度は別件でして……」

「きゃ！」

助手席のドアが外から開けられ、美奈子が腕を引かれて外に出されてしまった。すかさずマリーが車を降り、念を蓄えて、

「美奈子ちゃんを放しなさい！　さもないと全員《調伏》するわよ！」

「これはこれは上杉《うえすぎ》の。またまた懲りもせず、龍女のボディガード気取りですかな？」

今度は美奈子が混乱する番だった。「上杉」？　なんのこと？　龍女のボディガード？　それは笠原さんのことのはず。でもマリーさん「も」って……。

「もうこの子に用はないはずよ。それとも何？　今度の目的はバイオリンかしら」

「………。ほう？　いま、何と仰《おつしや》いましたかな？」

マリーはハッとした。蘭丸はゆっくりと近づいて、

「彼女のもとにある？　バイオリンが？」

（まずい……っ。知っていて狙ってきたんじゃないの？）

連れて行け！　と蘭丸が指示した。美奈子を連れ去ろうとする男たちめがけて、マリーがすかさず念を打ちこんだが、直前で蘭丸の《護身波《ごしんは》》に阻《はば》まれた。

「邪魔《じゃま》だって言ってんのよ！」

「手出し無用！」

　蘭丸が車めがけて念を撃ち込んだ。轟音《ごうおん》とともに真っ赤な火柱があがった。マリーも美奈子たちも爆風で地面に倒れ込んでしまう。

「美奈子ちゃん！」

　その時だ。美奈子の目の前に青い炎が噴《ふ》きあがったのは。

　蘭丸たちも息を呑《の》んだ。

　それは女の霊だった。青い炎のドレスを纏う、女の霊だ。美奈子は目を瞠《みは》った。

「──タカコさん……っ」

《逃ゲテ》

　タカコははっきりとそう訴えた。

《早ク逃ゲルノ》

　捕まえろ！　と蘭丸が叫び、織田の配下たちが動いたが、次々と青い炎に包まれ、火だるまになった。マリーも追いかけようとしたが、青い炎はマリーをも襲った。火だるまにこそならなかったが、炎の壁が彼女の前に立ちはだかっている。

「マリーさん……！」

「いいから逃げて！　必ずあとから追いつく！」

　マリーの声に背中を押されて、美奈子は走った。暗い工場街を走った。空はだいぶ白んできたが、ここがどこともわからない。フェンスの向こうには工場の三角屋根が並ぶばかりで、人の気配もなかった。門まで行けば、守衛がいるかもしれない。ともかく誰かを探して警察を呼んでもらおうと思った。

ようやく灯《あか》りが見えた。安堵した美奈子を追い越すように、一台。外国車が現れ、少し前で停まった。降りてきたのは、黒いフロックコートに身を包んだ初老男性だ。

美奈子は足を竦《すく》ませた。

不気味な雰囲気《ふんいき》を纏うフロックコートの男は、右目に眼帯をつけている。

「……………。君が〈テオトコス〉の主《あるじ》か」

「えっ」

その意味を問い返すことは美奈子にはできなかった。なぜなら——。

男が、フロックコートの中から拳銃《けんじゅう》を取りだして、銃口を美奈子に向けたからだ。

美奈子は息を呑んだ。後ずさる間もなかった。

銃声が、工場街に響《ひび》いた。

*

いつのまに眠りについてしまったのか。直江は全く覚えていなかった。気がついた時には病室のソファで眠りこけていた。強烈な睡魔に襲われて仮眠のつもりで寝たのだろうが、疲労しきっていたせいか。目覚めた時には朝になり、すでに看護婦たちが忙しそうに病棟を行き来していた。

「景虎様……っ」

慌ててベッドを見ると、彼はすでに起きていた。窓の外をずっと見ている。

曇《くも》りガラスの向こう、外は暗い雲に覆われている。景虎がいやに真剣な顔つきで外を見ているので、直江は怪訝に思って、つられたように外を見た。

「見ろ。直江……。雪だ」

「雪……？」

暗い雲から、ちらちら、と氷のようなものが舞っていた。直江は思わず立ち上がって、窓を開けた。ちらり、と白いものが舞い込んできて、襟元《えりもと》に落ち、溶けた。

「馬鹿な。今は五月ですよ……っ。雪がちらつくなんて」

「ああ。なんだかおかしい」

景虎が視線を直江に返して、告げた。

「夢を見た。『死の船の夢』だ」

「なんですって！　あなたも見たのですか」

ああ、と答えた景虎は、顔をこわばらせている。直江たちから話は聞いていたが、確かに臨《りん》場感《じょうかん》に溢れた夢だった。目覚めたあとだというのに、まだ外気の冷たさが感じ取れる。肺に残る冷気、凍《い》てつく石畳《いしだたみ》、霧氷《むひょう》に滲《にじ》む街灯。岸壁に着岸した黒い巨船の錨鎖《びょうさ》……。

「その船には誰が乗っていましたか」

「それが……乗っているはずのない人間が、乗っていた」

彼女だ、と景虎は呟いた。聞き取れず直江は問い返したが、景虎は答えない。

（あれは彼女だった……）

そう。その船には美奈子が乗っていたのだ。死者だけが乗っているはずの船だ。その夢を見た人々は皆、そう証言している。生きている人間が乗っていたためしは、ない。

なのに、ついさっき別れたばかりの美奈子が、あの船に乗っていたとはどういうことだ。胸騒ぎがしてならなかった。

「直江。晴家と連絡がとれないか。その後の状況を教えてほしい」

「晴家ですか。何か気がかりなことでも？」

「すぐに連絡をとれ。すぐにだ！」

直江は応じるよりも疑問が先に立った。美奈子のことを気にしているのか。彼女とあなたの間に何があったのだ。景虎の切羽詰《せっぱ》まった表情にまた疑念が湧いたが、口にもできず、くすぶらせたまま、公衆電話に向かった。

　夜叉衆各人からの連絡は宮路《みやじ》事務所に寄せる手はずになっている。《軒猿》の八神《やがみ》が通信係の役割をしていて、情報はそこに集まるはずだった。しかし、朝になっても晴家からの連絡がないのだという。

「そんなはずはない。もうとうにそっちに帰りついているはずだが」

　昨日から連絡が途絶《とだ》えている。晴家は明け方、美奈子を送っていったはずだ。横浜からは近いとも言えない距離だが、それでももう四、五時間は経《た》っている。途中で何かあったのか。

　もしかしたら笠原の自宅のほうに美奈子から何か連絡があったかもしれない、と思い、直江は自宅に電話をかけてみた。出たのはお手伝いの秀子《ひでこ》さんだった。昨夜はあらかじめ「大学の先輩宅に泊まる」とは言ってあったのだが……。

『尚紀ぼっちゃま、お母様がカンカンですよ！　外泊禁止令はまだ続いてるのに』

「ああ、お説教はあとで聞くよ。今はそれどころじゃない。僕に何かよそから電話は来なかったかい」

『ええ、きましたよ。坂口さんから』

「坂口から？」

意外な相手だった。

『すぐに折り返し下宿へ電話をくださいとのことでした。何やら急いでらっしゃる様子で』

もしや美奈子からは坂口に連絡が行ったのかもしれない。直江はすぐに手帖《てちょう》を取りだして、坂口の下宿へと電話をかけた。坂口は「待っていた」とばかりに、すぐ電話口に出た。

『笠原先輩、大変です。大変なことになりました！』

「どうしたんだ。何が起きた」

『吉岡《よしおか》先輩が！』

思いがけぬ名前が飛び込んできて、直江は意表をつかれた。同級生の吉岡恵美子《えみこ》のことだ。

『吉岡先輩が昏睡《こんすい》状態になってしまったそうです。先程、病院に運ばれたと』

「なんだって！　吉岡さんが？」

彼女も「死の船の夢」を見ていた。直江が渡した護符《ごふ》のおかげで、夢は見なくなったと言っていたはずなのだが、もしやまた見てしまったというのか。夢から醒《さ》めなくなった？

『しかも容体は思わしくないそうなんです。このままだと吉岡先輩が死んでしまうかもしれません！』

『僕も今から病院に向かいます。笠原先輩も早く来てください。このままだと吉岡先輩が死んでしまうかもしれません！』

電話口で、直江は愕然《がくぜん》と立ち尽くした。坂口は切迫しきっていて半分涙声だった。電話を切ったあとも、状況を頭で整理できなかった。

何かが同時多発的に起こっている。このまま雪崩《なだれ》を打って全《すべ》てが悪い方向に転がっていきそうな予感がしてならなかった。その大元を摑めないもどかしさとともに。

直江は病室に戻って、景虎にそのことを話した。

景虎も表情を変えた。

「おまえはすぐにその女学生のもとに行け。こっちのことは任せろ」

「しかし、目覚めさせる方法がわかりません。駆けつけたところで、何をしていいのか」

「夢の大元がわからなければ、打つ手がない、か」

確かに、まだ原因は突き止められていない。

わかるのは、あの「不発弾の爆発」事故から始まったこと。そこに向山の三猛将の遺体があったこと。そして、その霊は（北条《ほうじょう》への復讐《ふくしゅう》を理由に）織田へ付き従っていること。

「あの夢にも織田が関わっていると思いますか」

景虎は、こくり、とうなずいた。

「だが、だとすれば、必ず、何らかの意図《いと》があるはずだ。多くの人間に『死の船の夢』を見せて、昏睡状態にさせて……そうすることにどういう意味があるのか」

「昏睡状態では済まないかもしれません。死に至る場合も」

「ああ。だが、それで織田にどういう利益があると思う。これはいわば、手を汚さないで済む、大量虐殺《ぎゃくさつ》のようなものだ。確かに連中は日本を牛耳《ぎゅうじ》ろうとはしているが、無差別殺人をすることに利益があるようには思えない」

それとも死ぬ夢で人々をパニックに陥《おちい》らせて、夢から助けることをうたい文句に金でも巻き上げる気か？　似非《えせ》宗教の資金集めによくある手だ。

いずれにしても、メカニズムがわからない。

景虎は顎《あご》に指の関節をあてて、考え込んだ。

「その〝船〟に、何かあるのか？」

「景虎様」

しばらくじっと黙考を重ねた景虎は、おもむろに自らの腕に巻かれた包帯を解き始めた。何をするのか、と直江が見守っていると、解いた包帯を器用に丸めて、てるてる坊主を作る要領で、小さな人形のようなものを作ったではないか。

直江にはそれが「形代《かたしろ》」だとわかった。

景虎は傷のある掌《てのひら》に歯を立て、流れた血を指ですくい、血文字で自らの名を形代に書き込んだ。更に梵字《ぼんじ》を幾つか書き込むと、それを直江に渡した。

「持ってけ。いざという時はこいつでオレを引き揚げろ。それから、おまえの血が要る」

「血を、ですか」

「処置室に注射針か点滴針があるだろう。指先に少し血を出すだけでいい」

言われたとおり、看護婦の目を盗んで注射針をくすねてきて、直江は指先を傷つけた。血が丸く膨れ上がってきた薬指を、景虎がためらわず、口にくわえた。

さすがの直江もこれには固まった。

十分に血を吸い、飲み下した喉がごくりと動くのを見て、直江は思わず息を止めた。景虎は真言《しんごん》を唱《とな》え、血の残る直江の指を掴んで、自らの胸に梵字を描かせた。

「……よし。これで命綱《いのちづな》の準備ができた。いざとなったらおまえが揚錨機《ようびょうき》になって、オレを海中から引き揚げろ」

元海軍士官らしい喩《たと》えだった。直江には景虎が何をしようとしているのか、わかった。

「危険です！　もしそのまま戻れなくなったら！」

「そのための形代だろう。命綱さえ繋がっていれば、必ず戻る」

「しかし……！」

景虎は直江の手をはっしと握った。真顔になって、

「オレが『死の船』に乗り込んでくる。そこに何があるのか、この目で見てくる。おまえは常に思念波で繋がってられるようにしろ。いいな」

「景虎様……」

「おまえはあの女学生のところに行け。絶対に死なせやしない。誰ひとり」

景虎はダイブするつもりだ。夢の中の船に。それはあたかも海底に横たわる沈没船の中に潜るにも等しい行為だった。景虎が直江の手を握っている。危険極まりないが、彼の命綱になれるのは、自分しかいないのだと直江は気づいた。他に手だてがない。虎穴《こけつ》に入らずんば虎児《こじ》を得ず。悔しいが、今はそれしか恵美子たちを助ける方法がない。

「……………。わかりました。ですが、潜るのは一時間だけです。それ以上は待ちません。すぐにあなたを夢から引き揚げて目覚めさせますから」

幸いここは病院だ。万一、昏睡状態になっても、肉体の方は十分、医療対応できるはずだ。

「念のため、病室には憑依霊《ひょういれい》が入ってこられないよう、結界《けっかい》を張っておきます。看護婦にも面会謝絶にするよう頼んでおきます」

「ああ。頼む」

直江は景虎の手を強く握り返した。

「くれぐれも気をつけて」

言い残して、直江は結界を何重にも張ると、急ぎ、病棟をあとにした。

ガーゼの取り替えにきた看護婦に、景虎は言った。

「申し訳ないが、このあと、しばらく寝させてもらう。誰も部屋には入れないでくれ。もし一時間経って目が覚めなくなっていたら、しかるべき処置を施《ほどこ》しておいてくれ」

水を飲み、いざ眠る用意を済ませると、景虎は枕に頭を預けた。

これがダイビングの支度だった。眠気がやってくるのを待つだけだ。一度回路が繋がると、睡魔も訪れやすくなるのだろう。景虎の意識は溶けるように眠りの中へと引きずり込まれていった。


病院の外は、驚くほど冷え込んでいた。五月とは思えない気温だ。

重く垂れ込めた雲は太陽を遮《さえぎ》り、もう日も高いはずなのに、夕闇の中にでもいるようだ。

外に出てタクシーに手をあげる。直江は恵美子が運ばれた病院へと向かった。

（景虎様……）

手には形代を握っている。強く力をこめた。

窓の外には、季節外れの雪が舞う。


それから数十分後──。

景虎は完全に眠りに落ちていた。

面会謝絶の札がかかった病室は、扉が閉められている。

深い昏睡状態にある景虎の躰は、ぴくり、とも動かない。病室の中で動くものといえば、点滴が時折、落ちるだけだ。

閉め切った扉がゆっくりと開いた。

謝絶の札を無視して入ってきたのは、黒いフロックコートを着込んだ男だ。

右目に眼帯をつけている。

景虎の顔を確認すると、おもむろに、コートの中から拳銃を取りだした。

銃口を、景虎に向けた。

引き金に、指をかけた。

——つづく——

あとがき

昭和編も早四巻目となりました。

今回のお話は、前後編形式でいうと「前編」になります。

いよいよ織田《おだ》との戦いも本格的になりますが、登場人物たちの動きだす心にも注目していただけると嬉《うれ》しいです。引き続き「後編」にあたる次巻を今しばらくお待ちくださいませ。

さて、九月に上演された、舞台『炎の蜃気楼《ミラージュ》昭和編　夜啼鳥《よなきどり》ブルース』の報告を。

おかげさまで、大盛況のうちに幕をおろしました。

新宿御苑《しんじゅくぎょえん》にあるシアターサンモールは、私も昔から何度も観劇した愛着のある劇場で、そこで自分の作品が上演される未来が来るとは、思いもしなかったです。

舞台版ミラージュは、とても熱く、ハードボイルドかつスタイリッシュでした。昭和という時代の古き良き雰囲気《ふんいき》はまさに舞台に相応《ふさわ》しく。裕次郎《ゆうじろう》や旭《あきら》の時代が甦《よみがえ》ったようでした。

導入部では、なんと邂逅編が。胸熱。役者の皆さんの早替えも素晴らしく。

プロジェクション・マッピングを使用したOPや《調伏《ちょうぶく》》などなど、まさに「今の演劇」を体感させてくれる、エキサイティングな舞台だったと思います（演出／伊勢《いせ》直弘《なおひろ》さん）。個人的には《調伏》の音まで見事に表現されていたことに感動を覚えました。

富田翔《とみたしょう》さんの景虎《かげとら》（加瀬《かせ》）はカリスマと陰《かげ》のある色気で魅《み》せ、荒牧慶彦《あらまきよしひこ》さんの直江《なおえ》（尚紀《なおき》）は若さと鬱屈《うっくつ》・屈折が綯《な》い交ぜの絶妙さを醸《かも》し、佃井皆美《つくいみなみ》さんのマリーはキュートな上にアクションも美しく、増田裕生《ますだゆうき》さんの信長《のぶなが》（朽木《くちき》）は愛嬌《あいきょう》たっぷりからの変貌《へんぼう》が迫力に満ち、今出《いまで》舞《まい》さんの美奈子《みなこ》は可憐《かれん》な中にも芯《しん》の強さと暴《あば》れが見事で、林修司《はやししゅうじ》さんの蘭丸《らんまる》（ハンドウ）は怪《あや》しさの中にも美学が感じられ、吉田大輝《よしだたいき》さんの坂口《さかぐち》は愛すべき素朴《そぼく》な昭和の若者で場を作り、殺陣《たて》衆（中野高志《なかのたかし》さん・遠藤誠《えんどうまこと》さん・柏木佑太《かしわぎゆうた》さん・湯浅雅恭《ゆあさまさゆき》さん）は八面六臂《はちめんろっぴ》の活躍でまさに舞台の要《かなめ》と言ってよいほどに興奮させてくださいました。

そしてアダルト組。笠原紳司《かさはらしんじ》さんの色部《いろべ》（佐々木《ささき》さん）は頼もしさと包容力に満ち、水谷《みずたに》あつしさんの執行《しぎょう》社長は渋さと軽妙さが大人の余裕に満ち、おふたりの存在感が舞台に厚みを与えてくださっておりました。

ミラージュは小説である上に長い話なので、大変情報量の多い作品なのですが、西永貴文《にしながたかふみ》さんの脚本により、舞台作品として美しい物語に仕上げていただけたのが素晴らしく。

私も稽古場《けいこ》に何度か足を運んで、ひとつの芝居が出来上がっていく様《さま》を拝見しました。作品が自分の手を離れ、一個の舞台作品としてひとりだちしていくのは、不思議でもあり、興奮でもあり……。大変貴重な経験になったと思います。

そして、その舞台を生み出すスタッフワークの素晴らしさ。感銘を受けました。おひとりおひとりお名前をあげていきたいところですが、この気持ちのみ書き記《しる》しておこうと思います。辻《つじ》プロデューサー、ありがとうございました。今後ともよろしくお願いします。

DVDも二月に発売されますので、詳しくはこちらを。

舞台「炎の蜃気楼」公式ブログ http://blog.livedoor.jp/mirage_stage2014/

というわけで、舞台の話でいっぱいになってしまいましたが、今回はこのへんで。

次巻は初夏ぐらいになる予定。続きにてお会いいたしましょう。

二〇一四年十二月　　　　　　　　　　　　桑原　水菜

※この作品はフィクションです。実在の人物・団体・事件などにはいっさい関係ありません。

※当作品は昭和三十年代を舞台にしているため、現在では使用しない当時の用語が出てくる場合があります。

この作品のご感想をお寄せください。

桑原水菜先生へのお手紙のあて先

〒101―8050　東京都千代田区一ツ橋2―5―10
集英社コバルト編集部　気付
桑原水菜先生

くわばら・みずな

9月23日千葉県生まれ。天秤座。O型。中央大学文学部史学科卒業。1989年下期コバルト読者大賞を受賞。コバルト文庫に「炎の蜃気楼」シリーズ、「真皓き残響」シリーズ、「風雲縛魔伝」シリーズ、「赤の神紋」シリーズ、「シュバルツ・ヘルツ－黒い心臓－」シリーズが、単行本に『群青』『針金の翼』などがある。趣味は時代劇を見ることと、旅に出ること。日本のお寺と仏像が好きで、今一番やりたいことは四国88カ所踏破。

炎の蜃気楼《ミラージュ》昭和編
霧氷街《むひょうまち》ブルース

COBALT-SERIES

2015年1月10日　第1刷発行

★定価はカバーに表示してあります

著　者　桑原水菜
発行者　鈴木晴彦
発行所　株式会社 集英社
〒101－8050
東京都千代田区一ツ橋2—5—10
電話
【編集部】03-3230-6268
【読者係】03-3230-6080
【販売部】03-3230-6393(書店専用)

印刷所　図書印刷株式会社

ISBN978-4-08-601842-5 C0193

JASRAC 出 1416177-401

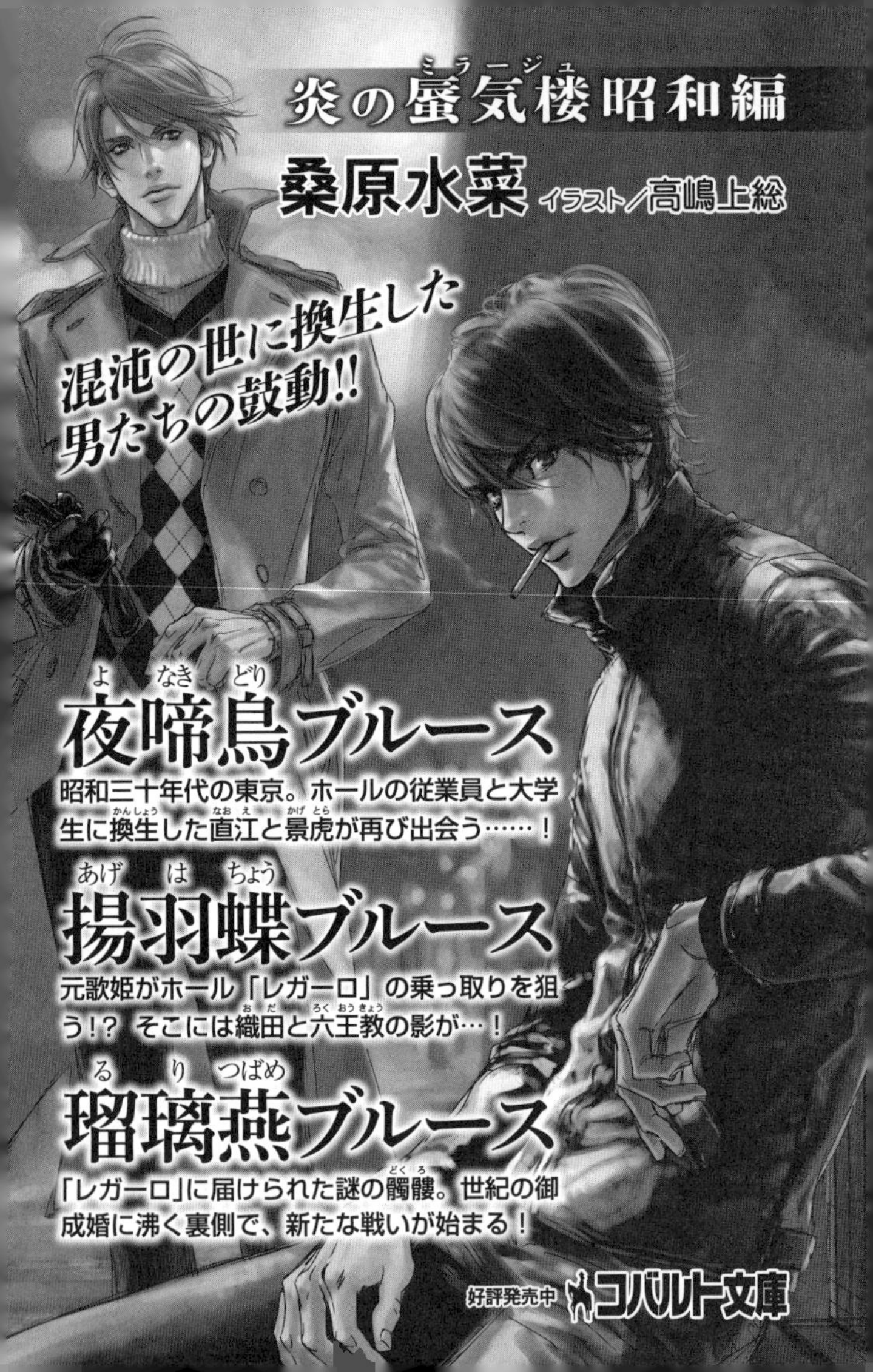
炎の蜃気楼《ミラージュ》昭和編
桑原水菜 イラスト／高嶋上総
混沌の世に換生した
男たちの鼓動!!
夜《よ》啼《なき》鳥《どり》ブルース
昭和三十年代の東京。ホールの従業員と大学
生に換生《かんしょう》した直江《なおえ》と景虎《かげとら》が再び出会う……！
揚《あげ》羽《は》蝶《ちょう》ブルース
元歌姫がホール「レガーロ」の乗っ取りを狙
う!? そこには織田《おだ》と六王教《ろくおうきょう》の影が…！
瑠《る》璃《り》燕《つばめ》ブルース
「レガーロ」に届けられた謎の髑髏《どくろ》。世紀の御
成婚に沸く裏側で、新たな戦いが始まる！
好評発売中 コバルト文庫

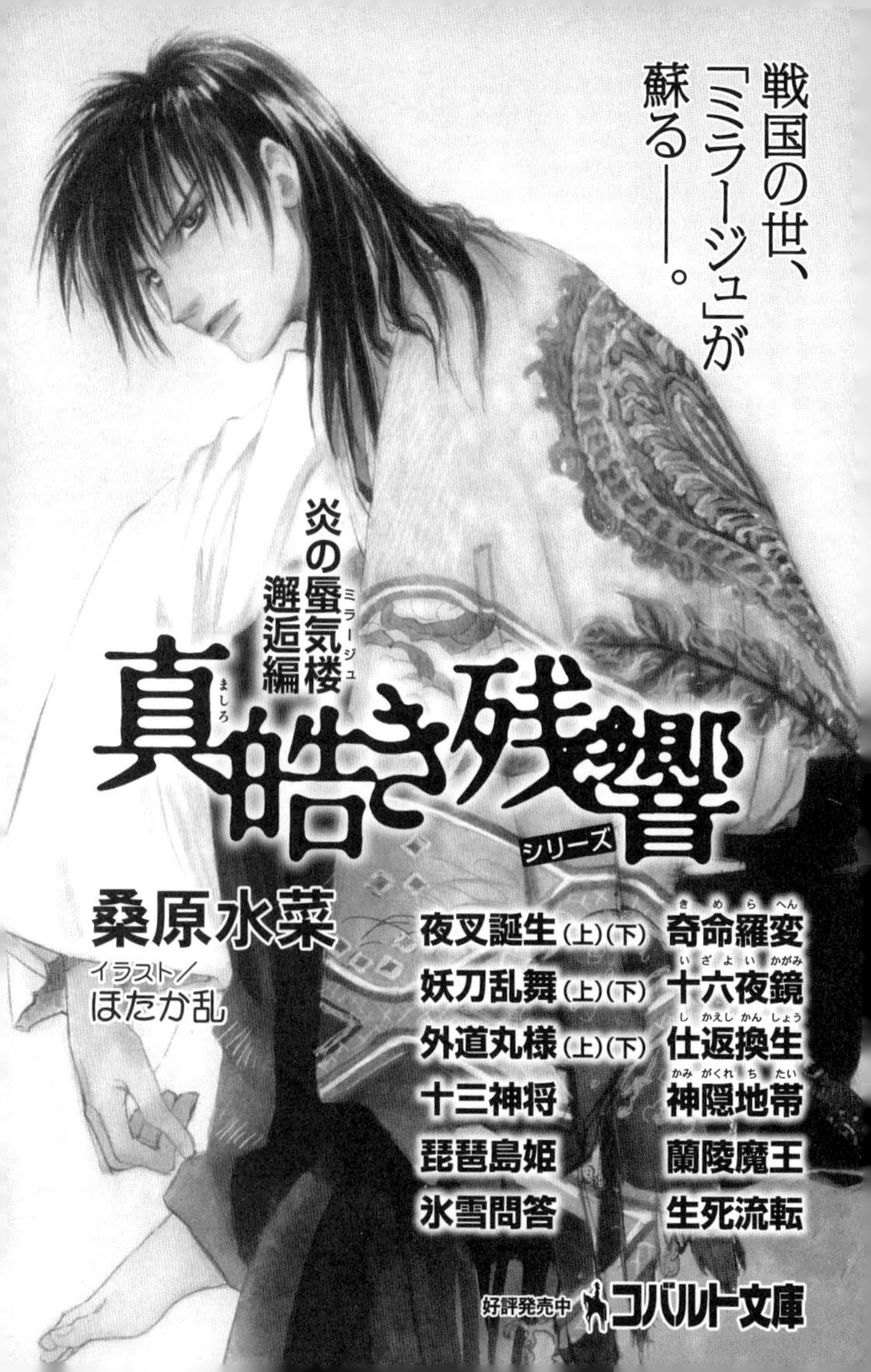

好評発売中 コバルト文庫
激動の時代、
上杉夜《や》叉《しゃ》衆《しゅう》が
駆け抜ける——!
炎の蜃気楼《ミラージュ》 幕末編
獅子喰らう
攘夷《じょうい》志士と佐幕派が争いを続ける幕末の京都。勤王《きんのう》派を狙う「人斬りカゲトラ」の正体とは!? 夜叉衆が京の街を駆ける!
炎の蜃気楼《ミラージュ》 幕末編
獅子燃える
佐幕派・尊攘《そんじょう》派の激しい衝突が続く中、土佐弁を喋る巨躯の男が怪異現象とともに出没するという噂が! その真相は…。
桑原水菜
イラスト/ほたか乱